CEO의 인생서재

CEO의
인생서재

이노비즈 최고경영자과정 독서토론회 지음

I'm

인문학의 힘

김유홍
이노비즈 최고경영자과정 독서토론회 회장

이노비즈 최고경영자과정을 마치고 난 뒤 술과 골프 위주의 문화에서 벗어나기 위해서 만든 독서토론회가 벌써 8년째 월1회 모임을 가지며 이어져 오고 있습니다. CEO들에게 독서는 창의력과 통찰력을 길러주고 타인의 생각을 읽고 맥락을 이해하는 데 큰 도움을 줍니다. 독서는 비즈니스뿐만 아니라 매일 먹는 식사, 만나는 사람, 옷차림 등 하루 한 가지씩 일상에 변화를 줍니다. 책 속의 이야기를 하루 한 가지씩 실천하는 작은 습관들이 현재 CEO독서토론회, CEO역사아카데미, 정부국장 등산회, CEO해외트레킹 등 중년모임의 기틀이 되었습니다.

독서토론회를 운영하면서 독서를 통해 그동안 일에만 파묻혀 살던 CEO들의 사고가 확장되고 표현력이 배가 되어 스스로의 가치가 한 단계씩 올라가고 있음을 확인하고 있습니다.

비즈니스 영역이 다른 사람들끼리 똑같은 책을 읽고 서로의 회사도 방문하게 되면서 상대 회사의 경영방식을 엿볼 수 있는 것은 독서토론회의 큰 성과이며, 읽기, 쓰기, 말하기뿐만 아니라 경청 능력까지 키워주었습니다. 최근 계발서 위주에서 깊은 통찰이 필요한 사서삼경 등 고전인문학 도전으로 회원들의 사고의 폭도 깊고 넓어지고 있습니다.

올해 이노비즈 최고경영자과정 독서토론회는 특히 이 책을 발간함으로써 한 단계 더 도약하게 되었습니다. 글쓰기를 통해 머릿속에 맴돌던 많은 생각들을 정리하면서 코로나로 위기가 더해 가는 경영활동에 창조적 돌파구가 될 것으로 믿습니다.

경영자는 자신의 말과 글을 한층 발전시킴으로써 리더다운 리더로 발돋움할 수 있습니다. 독서와 토론, 그리고 글쓰기를 통해 이노비즈 최고경영자과정의 리더들이 글로벌로 나아가는 K-LEADER가 될 것이라 확신합니다.

『CEO의 인생서재』 발간을 축하하며

임병훈
이노비즈협회 회장

 이노비즈 최고경영자과정 독서토론회 에세이집이 출판됨을 진심으로 축하드립니다.

 2008년부터 시작한 '이노비즈 최고경영자과정'은 711명의 동문을 배출하였으며 기업 간 만남을 통하여 서로의 아이디어를 교환하고 비즈니스 협력의 장을 여는 등 협회 네트워크 조직의 한 축으로 활동해 오고 있습니다.

 '코로나', '디지털 가속화'로 디지털과 비대면이 일상화되면서, 우리는 이른바 '뉴노멀'을 경험하고 있습니다. 이러한 새로운 시대에 함께 글을 쓴다는 것은 하나의 새로운 세상을 마주하며 서로의 다름을 유연하게 받아들이고, 그 마음을 기르는 의미 있는 도전일 것입니다.

모든 기술이 그렇듯이 글쓰기 기술도 익히고 숙달하기 위한 과정이 필요합니다. 또한 책을 내고 생각을 전파한다는 것은 같은 생각을 하는 이들과는 콜라보레이션을 이루고, 새로운 가치를 창출하는 지난한 과정을 의미합니다. 마치 기업을 운영하는 CEO의 삶처럼 말입니다.

참된 창조자는 가장 흔하고 미천한 것에서 주목할 만한 가치가 있는 뭔가를 늘 발견할 줄 아는 사람이라고 합니다. 이처럼 기업 경영을 하면서 바쁜 와중에도 늘 뭔가를 창조하고 발견하려는 독서토론회 CEO의 모습에 깊은 감명을 받습니다.

아무쪼록 글에 대한 사랑, 글을 위한 정성을 꾸준히 계속하셔서, 독서토론회가 수준 높은 인문학 동호회로 자리매김하고 글로부터 얻는 위안과 기쁨을 항상 간직하시길 소망합니다.

누구도 쉽게 내딛지 못하는 이번 대장정의 용기 있는 첫발을 다시 한 번 축하드리며, 앞으로도 이번 출판을 계기로 그 여정이 지속 발전하기를 진심으로 기원합니다.

감사합니다.

글쓰기, 소통의 시작

이다빈
시인, 지도강사

코로나 시국이 엄중했지만 독서의 열기는 식지 않았습니다. 우연히 CEO독서모임에서 준 마약커피를 마시다가 사소하게 던진 말이 작지만 빛나는 꿈 하나를 이루어냈습니다. 어떤 것이든 의미를 부여할 때 열정이 생기는 것 같습니다.

회사의 리더로서 살아온 저자들은 그동안 오롯이 자신에게 집중할 시간을 별로 가지지 못했는데 시절인연을 만나 자신의 감각을 깨우고 내면에 웅크리고 있었지만 외면해 왔던 것들을 마주했습니다. 그러자 코로나로 인해 닫혔던 마음의 문이 열리기 시작했습니다.

책을 읽고 글쓰기를 하게 되면 머릿속의 생각이 몸으로 퍼져 나가고, 삶도 변화하게 됩니다. 이 책의 저자들은 글쓰기를 하면서 자신의 삶이 다른 사람의 것과 다르다는 것을 확인했습니다. 글쓰기를 할 때면 누구나 겪는 '백지공포'를 탈출하기 위해서 처음엔 매일 온라인으로 글쓰기 워밍업을 했습니다. 그러자 무의식의 창고에서 꿈틀거리고 있던 저자들의 욕망이 공포를 물리치고 알 수 없는 기쁨으로 솟아났습니다. 이렇게 글쓰기는 낡고 조그만 '나'를 새로운 큰 '나'로 탈바꿈시킵니다.

조직을 이끄는 CEO는 회사의 이미지를 부각시키고 많은 사람들에게 공감과 동의를 얻어내기 위해서라도 자신의 글을 써야 합니다. 다양한 인간관계의 상호 소통이 중요한 시기에 글쓰기는 자신의 생각과 의견을 제대로 전달할 수 있는 중요한 수단이기 때문입니다.

하나의 일을 끝내고 나면 늘 아쉬움이 밀려 옵니다. 인생은 희망했던 것보다 짧습니다. 바라는 모든 것을 끝마칠 수 없기에 이노비즈 최고경영자과정 독서토론회의 글쓰기는 이렇게 하나의 매듭을 짓고 다시 시작합니다.

목차

3부 상실의 기억 _____

4부 행복을 향하여 _____

1부

젊은날의 초상

호기심 속의 나무토막

최득호

-유광복, 『삶을 짓는 목수 이야기』

책을 읽다 보니 나무를 가지고 놀았던 내 어릴 적 풍경들이 눈앞에 나타났다. 나는 어릴 때부터 이것저것 호기심이 많았다. 건축 일을 하면서도 건축보다는 주변의 식물과 조형물에 관심을 가지고 듣고 보고 만지고 즐기다 보니 조경 쪽으로 발을 내딛게 되었다.

『삶을 짓는 목수 이야기』의 저자 유광복도 목수가 보는 눈은 일반인들과 달리 좀 더 구체적인 안목으로 바라봐야 한다고 했다. 그는 낮은 학교 교육에 검정고시로 학력을 채우고 목수로 45년 이상을 지내면서 설계뿐만 아니라 능수능란한 컴퓨터 실력을 겸비하고 목수를 키워내는 교육계에까지 진출했다. 그의 말처럼 직업이란 평생을 실행으로 옮기는 행위이다. 위에서도 보고, 올려다보기도 하고, 옆과 뒤에서도 보고, 앞에서 보다가 뒤집어서도 봐야 하는 것이다.

내 어린시절은 호기심의 연속이었다. 그런 시절을 겪은 덕분에 아직도 내 손과 발에는 수많은 흉터가 키재기를 하고 있다. 놀거리가 없는 부족한 환경이었기에 직접 놀거리를 만들면서 손에 익지 않은 연장들에 찍히고 베이고 스치며 생긴 상처가 흉터로 남은 것이다. 팽이를 만드느라 손도끼에 찍힌 왼손 엄지손가락, 톱날에 긁힌 상처, 끌로 나무에 구멍을 파다가 찍힌 손가락, 서툰 망치질에 다친 손등, 낫으로 소꼴을 베느라 다친 왼손 검지 등 소소한 상흔들을 가만히 들여다보면 생생한 추억이 몽골송골 바가지에 넘쳐난다.

"저어~기! 지붕 위에서 일하는 당숙께 갖다드려라. 사다리를 얼마나 잘 오르는지 보자!"

앞개울을 건너온 바람이 돌담에 기대선 접시감나무 그늘을 지나 마당을 쓸고, 늘어진 빨랫줄을 받치고 있는 바지랑 장대 아래에서 빙빙 맴맴 회오리를 틀었다. 툇마루에 걸터앉아 햇고구마를 삶아 까먹던 가족이 지붕 개량하느라 구슬땀을 흘리며 지붕 위에서 육송 각재로 구조체를 만들고 있는 당숙에게 고구마 간식을 배달하란다.

"아까도 올라갔다 왔는데……."

채반처럼 생긴 동그란 대나무 소쿠리에 달랑 고구마 4개가 담겼지만 아직 초등학교에 입학도 하기 전이고 또래들에 비해 성장이 느린 편이라 한 손으로 받쳐들다간 대소쿠리에서 고구마가 쭈루루 굴러떨어질 것만 같았다. 심부름에 한 손으로 사다리를 잡고 다른 한 손엔 대소쿠리를 들고 끙차끙차 서너 칸을 올랐지만 도저히 무게를 감당할 수가 없었다. 고구마는 사다리 기둥에 한 번 부딪히고 땅바닥으로 떨어지고 말았다. 홀러덩 껍질이 벗겨져 나간 고구마는 옆구리 터진 호떡이 되었다. 나는 갑자기 가벼워진 무게감에 중심을 잃고 사다리에서 떨어져 마당에 내동댕이쳐졌다.

"거 봐라, 하하!"

어른들은 내가 다친 것보다 보는 즐거움이 더 큰 모양이었다. 나는 터져 퍼진 고구마를 주워 들고 흙을 털어내고 소쿠리에 다시 담았다.

"주워 담았으면 다시 갖다드려라."

다시 몇 번을 시도해 보았지만 매번마다 역부족이었다. 오른쪽 팔꿈치와 무릎이 까져 벌겋게 달아올라도 씩씩대며 자신감 있게 도전하는 내 모습이 우스운지 어른들은 연신 웃기 바빴다. 그저 어린 게 얼마나 잘할 수 있는지에 재미와 관심의 초점이 맞춰져 있었다.

요즘 부모라면 그만한 상처에도 호들갑으로 난리법석을 떨 일이겠지만 그 시절엔 넘어져서 까지고 풀에 베인 상처 정도는 별 치료나 약도 처방하지 않고 그냥 두었다. 딱지가 앉아 떨어지면 치유가 된다는 것이 일반적인 생각이었다.

산골이라 주변에 늘린 게 나무이다 보니 겨울엔 썰매나 스케이트, 스키도 나무로 다듬어서 타고 놀았다. 두 가지가 브이 자로 자란 나무 뼈대에 나무 발통을 달아 만든 세 발 자전거와 사과 궤짝에 바퀴를 달아 끌고 다니던 구루마는 수도 없이 만들고 부수기를 반복했다. 어떤 나무와 모양이 좋은 것인지 한눈에도 척하고 알아 볼 정도로 달관의 경지에 올랐다.

그런 경험이 바탕이 되어 중학생 때부터 방학이면 목수인 당숙이 맡아 일하는 지붕 개량이나 물레방아, 마루 깔기, 방 확장 공사나 증축 또는 신축하는 일에 보조로 아르바이트를 며칠씩 따라다니곤 했다. 당숙이 무엇을 원하는지, 무엇을 해야 하는지 알아서 챙겨주고 준비를 미리 해놓으니 손발이 척척 맞아 최고의 보조라고 칭찬을 많이 받고 일당도 넉넉히 받았다.

고등학교 때는 나무 다듬고 가공하는 손재주와는 별개로 인문계로 진학해서 문과반에 들었는데 막상 대학에 진학하려니 학과에 대해 생각해둔 것이 없었고, 주변에서 조언이나 안내를 해주는 사람도 없어서 막막하기만 했다. 성적이 특출나서 어느 대학 어느 학과를 선택할 수 있는 여건도 아니었다. 3년 내내 하라는 공부는 제쳐두고 소설책 읽기에 빠져 지냈다.

변함없이 평생 할 수 있는 일은 무엇일까 고민 끝에 도달한 게 '의식주(衣食住)' 관련 일이었다. 세월이 흐르고 아무리 세상이 바뀌어도 집은 짓고 옷은 입고 살 테고 전기 또한 무한히 사용될 거라는 결론에 이르렀다. 그렇다면 어깨너머로 목수 일도 배워서 조금 알고 나무 다루는 손재주가 있으니 섬유과나 전기과보다는 건축과가 제격이라 생각했는데 이과가 아니라 문과이니 학과시험 과목 수준이 달랐다. 수학2도 배웠어야 했고 물리2도 익혔어야 했는데 문과 공부도 제대로 안 한 내가 이과를 선택한다? 이건 장작불에 뛰어드는 불나비와 다를 바가 무엇인가. '궁즉통'이라고 입학원서를 써 줄 수 없다는 선생님의 반대에도 불구하고 떨어져도 좋으니 써달라고 생떼를 썼다.

그렇게 무모한 도전을 시작했는데 간절함이 통했는지 합격통지서를 받아 우여곡절 끝에 건축과에 입학하게 되었다. 나름 건축 관련 공부는 구조역학 등 고등수학 지식과 기초로 풀이가 가능한 한두 과목을 제외하면 재미도 있었고, 특히 설계 관련 과목은 없던 재주가 살아나는 듯 몰입의 경험을 가져다주어 졸업반 마지막 두 학기는 과수석으로 전액장학금을 받았다.

전공 덕인지 군 생활도 공병 병과를 배정받아 공병학교를 거쳐 휴전선 일대를 누비며 목욕탕, 막사, 취사장, 관사 등 건축공사와 도로 개설, 급수 시설, 철책 투광등 시설 등 토목, 기계설비와 전기 관련 공사 관리 업무까지 두루 관장하게 되었다. 이렇게 작으나마 전공을 익히는 보직을 수행하며 관련 자재 조달과 도면 보기, 물량 산출, 작업배치 등 공사 관리업무를 익히는 기회가 되었다. 아직도 전공 분야를 넘어 그때 익힌 전기와 기계설비 관련 지식과 경험들은 직장생활을 통해 넓어지고 깊어져서 업을 수행하며 부딪치는 건축, 토목장이들과의 관계 해소에 많은 도

　　　　　　　　　　　　　　　　CEO의 인생서재

움을 주고 있다.

어릴 때 늘 만지작거리고 끼고 살았던 호기심 속의 나무토막들이 창의적이고 혁신적인 사고의 원동력이 되어 보기 드문 벤처, 이노비즈 건설기업이 된 게 아닌가 싶기도 하다. 조경일이라는 게 흙과는 뗄래야 뗄 수 없는 연관성이 있어 그 후 조경과 토목으로 공부를 확장하게 되었고, 조경 관련 토목은 식물과 물과 흙의 조화를 꾀하는 일이라 골프장 공사와 물 관련 시설까지 사업 범위가 확장되었다.

이제 건축, 조경, 토목기술자라는 만능 건설인으로, 조경 쪽 언어를 빌리자면 얼치기 기술자가 되었다. 세상에는 하고 많은 일들이 많지만 하고 싶은 일을 하는 것이 가장 큰 행복이 아닐까 싶다. 머리에 흰 눈이 내리고 눈썹에 서리가 얼어붙은 나이를 먹기까지 좋은 말로 만능 건설기술자, 나쁜 말로 얼치기 기술자가 되었지만 난 후회는 없다.

오늘도 아침에 눈을 뜨면 멀리 앞산에서 내리쬐는 햇살이 저수지를 건너고, 길을 건너 울타리 너머 마당을 지나 집안으로 쏟아져 들어온다. 환한 햇살처럼 쏟아지는 눈에 보이는 모든 세상 일이 모두 나의 일이다.

껌 한 통

엄기용

-이다빈, 『말하지 않는 아이들의 속마음』

『말하지 않는 아이들의 속마음』을 읽고 나니 뭉개진 껌처럼 뭉개졌던 내 마음에 초등학교 2학년 담임선생님과 큰엄니의 모습이 살포시 떠올랐다. 이 책의 저자 이다빈 선생님을 만난 아이들은 행운아라는 생각이 들었다. 어릴 때 상처를 겪은 아이들은 상처가 치유되지 못한 채 사회에 나가면 사회생활에 어려움을 겪는 경우가 대부분이다. 가만히 생각해 보면 책 속에 나오는 아이들의 경우처럼 내 유년의 쓸쓸함도 부모로부터 나온 것이었다.

이다빈 작가가 만난 아이들과는 다르지만 어린 시절 내게도 그런 담임 선생님이 있었다. 초등학교 2학년 때 담임 선생님을 십여 년 전까지만 해도 고향에 가면 만나곤 했다. 선생님을 만나면 어머니를 만나는 것만큼, 아니 그 이상 편안하고 좋았다. 그래서 이 책에 나오는 아이들의 이야기가 충분히 공감되었다.

초등학교 2학년 담임 선생님은 저녁때가 지났는데 집에 가지도 않고 학교 마당에서 놀고 있는 내 손을 잡으며 말했다.

"선생님 집에 가서 밥 먹고 가라!"

선생님의 아버지는 시장 근처에서 한약방을 했다. 그 집 반찬 중에 제일 눈에 띈 것은 짙은 노란색 계란찜이었다. 맛있는 냄새를 폴폴 풍기며 밥상 한가운데를 차지하고 있는 그놈을 먹기 위해 나는 선생님의 숟가락이 지나가기를 기다렸다가 선생님의 숟가락이 지나가자마자 얼른 떠먹었다.

아버지가 서울로 일하러 갔다가 한참만에 집에 오면 아버지 먹으라고 엄마는 아버지 밥그릇 앞에서 우리를 한번 힐끗 쳐다보면서 계란찜을 놓아 주었다. 어린 나이였지만 우린 엄마의 그 눈짓을 알았다. 눈치 없이 한 번 먹었다 혼난 이후로는 아버지가 먹으라고 하기 전까지는 절대로 먹지 않았다. 아버진 동생과 내가 눈치를 보며 먹어도 적은 양만 남겨 주었고 우리는 그것을 맛있게 먹었다. 그렇게 어쩌다 먹어 본 엄마의 계란찜보다 선생님과 같이 먹은 계란찜은 훨씬 더 노랗고 맛있었다.

학교가 끝나고 집으로 돌아갈 때는 늘 마음이 편하지 않았다. 돌공장 일을 마치고 아버지가 돌아올 저녁때가 다가오면 불편한 긴장감은 더해 갔다. 마당 입구에 내팽개쳐져 있거나 겨우 한쪽 팔만 매달려 있는 싸리

문이 불쌍해 보였다. 제자리에 붙어 있는 것을 거의 본 적이 없다. 그나마 내가 칡이나 노끈으로 가끔 담처럼 엮어 놓은 나무들 틈에 묶어 놓아서 문이라는 명분을 유지하고 있었다. 내가 살던 초가집은 방이 두 개였는데 그 두 개의 방문짝도 붙어 있을 때보다는 떨어져 있을 때가 많았다. 밤에는 문짝 대신 국방색 누런 담요로 방문을 가리고 자는 날이 그렇지 않은 날보다 더 많았다.

엄마는 어디로 갔는지 동생들은 어디에 있는지 궁금하지도 않았다. 안방에는 아버지가 자고 있었다. 코를 골며 자는 아버지가 얄미웠다. 방에다 책보를 던져서 소리가 제법 컸는데도 아버지의 움직임은 없었다. 지금도 아버지가 어떻게 그렇게 아무렇지도 않게 잘 수 있었는지 이해가 되지 않는다.

아버지의 자전거를 끌고 삶은 고동을 빼먹을 가시를 잘라 왔던 탱자나무가 있는 골목길을 지나고 깜보 친구 집을 지나서 신작로로 나갔다. 왼쪽으로 가면 대천을 거쳐 서울로 가는 길이고, 오른쪽은 장항으로 가는 웅천역이 나왔는데 이모네 집이 있는 비인 가는 버스길이었다.

조금만 더 가면 일 년에 두 번 소풍을 가는 무창포해수욕장과 대천 방향으로 갈림길이 또 있었다. 앞길은 부여 방향인데 수부리 큰엄마네 집이 있는 방향이었다. 그 집엔 나보다 한 살 많은 형이 있고, 세 살 많은 누나도 있었다. 과자도 팔고 빵도 파는 점방을 하는 큰엄마 생각이 갑자기 났다. 큰엄마는 우리 엄마보다 나에게 더 잘해 주었고 더 많이 웃었

다. 우린 설날에 세뱃돈이 생겨야 겨우 먹을 수 있는 크림빵이나 눈깔사
탕을 형은 아무 때나 먹을 수 있었다. 나는 그 형이 제일 부러웠다.

잠깐의 망설임도 없이 끌고 나온 아버지의 자전거 옆으로 오른쪽 다리
를 집어넣어 구 장터 삼거리를 지나 기차 건널목을 건넜다. 그 길 건너 오
른쪽에는 돌공장이 이어져 있다. 지금 그곳에서는 내 옛날 깜보 친구가
돌공장을 여전히 하고 있다.

비가 내렸지만 이전엔 버스를 타고 갔던 길을 기억해 내면서 자전거를
왼쪽 오른쪽으로 노를 젓듯 기우뚱거리며 앞으로 나아갔다. 그렇게 버스
를 타고 지났던 정거장을 여럿 지나자 낯익은 장소가 보였다. 큰집은 국
민학교 옆에서 점방을 했기에 국민학교를 지나면서 다 왔다는 것을 금방
알 수 있었다.

"큰엄니, 저 왔슈!"

점방 미닫이문을 옆으로 밀자 도르륵 소리가 났다.

"오메, 이렇게 비오는디 뭔 일이라냐! 니 혼자 온 겨?"

방문이 열리면서 큰엄마는 호들갑스럽게 나왔다.

"형 있슈?"

"핵교에서 아적 안 왔다."

"누나는유?"

"걔두 아직인디!"

"예, 그럼 지 갈게유. 안녕히 계세유!"

고개를 돌려 나오는데 큰엄니가 껌 한 통을 집어 주며 말했다.

"콩아, 이거 껌인디 씹으면서 자즌거 잘 운전혀서 가라이!"

그 당시에 어쩌다 껌이 한쪽 생기면 하루 종일 씹다가 잘 때는 입에서 꺼내 손이 닿는 머리맡 위 벽면에 붙여 놓고, 자고 일어나면 그놈을 벽에서 떼어내 바로 씹곤 했다. 아침식사를 할 땐 상 위에 올려놓았다. 밥 먹고 학교에 갈 땐 다시 씹으며 갔다. 그러다 보면 씹던 껌의 양은 조금씩 줄어들었고 나중엔 나도 모르게 목으로 넘어가서 뱃속으로 들어가 버렸다. 하지만 씹다가 땅에 뱉어 버린 적은 거의 없다. 그런 귀한 껌을 큰엄마는 한 개도 아닌 한 통이나 주었다.

"큰엄니 감사혀유. 지 갈게유!"

나는 조심스럽게 껌 한 통을 뜯어 한 개를 꺼내 입에 넣었다. 설탕의 그 단맛이 내 입안에 가득 차면서 금방 행복해졌다. 요놈 중에 한 개만 동생 주고 나머진 두었다가 먹어야지 하면서 바지 깊숙이 넣어두고 빠지지 않게 잘 넣었나 다시 한 번 더 확인한 후 타고 왔던 아버지의 자전거 사이에 오른발을 집어넣었다.

탱자나무 골목길을 지나 다시 집으로 왔다. 빗줄기는 약해졌고 벌써 동네 어느 집 굴뚝에선 저녁밥 짓는 연기가 올라오고 있었다. 하지만 우리 집은 마당도, 내가 방 안에 던져 놓은 책보도 그 자리에 그대로 있었고, 아버지는 방 안에서 여전히 잠을 자고 있었다. 엄마도 동생들도 없었다. 나는 기억을 최대한 더듬어 자전거를 처음에 있던 그대로 아카시아

나무에 기대어 세워 놓았다.

 툇마루에 앉아 언덕길 아래를 쳐다보다가 주머니 깊숙이 넣어 둔 나머지 껌이 생각났다. 마치 언 땅에 구슬이 튕겨 올라오듯 나는 벌떡 일어나 껌을 넣어 둔 주머니 속으로 손을 집어넣었다. 손가락 사이로 딱딱한 껌이 아니라 찐득하게 기분 나쁜 감촉이 전해져 왔다. 한 개만 먹고 주머니에 넣어 두었던 나머지 껌은 비와 범벅이 되어 형태를 알아볼 수 없게 처참히 뭉개져 있었다. 내 마음도 못 먹게 된 껌처럼 그렇게 뭉개졌다. 비는 개이고 안개는 뭐가 좋은지 초가집 위를 춤추면서 산으로 올라갔지만 나는 손 안에 종이와 같이 녹아 있는 껌 한 통을 한동안 바라만 보고 있었다.

 학교에서 버림받고 집에서 자식으로 인정받지 못하는 활화산 같은 청소년기의 아이들이 글쓰기를 통하여 자아를 찾아가는 『말하지 않는 아이들의 속마음』은 그동안 잊어버리고 살아왔던 나의 기억을 일깨워 주었다. 이 책의 저자 이다빈 작가는 아이들의 아픈 상처를 보듬어 준 스승이었다. 수많은 좌절로 차가워진 말하지 않는 아이들의 속마음을 읽어내고 엄마의 푸근함으로 안아준 아이들의 진정한 엄마였다. 꽁꽁 얼어 있던 아이들의 가슴은 따뜻한 햇볕이 있는 선생님의 언덕을 만나 그 언덕에 기대 자신을 녹였을 것이다.

 저 멀리 유년의 언덕 위에 비가 그치고 햇빛이 비치기 시작했다.

나는 레지스탕스다

정민채

-앙투안 드 생텍쥐페리, 『어린왕자』

나는 레지스탕스다. 거국적인 대단한 이념은 아니고 아버지와 세상에 대한 저항이다. 이유인즉, 평소 장남에 대한 전폭적 지지와 후원에 불만이 많았고, 아버지가 시도때도 없이 내 이름을 불러대며 일을 시키는 통에 나는 내 마음대로 마음껏 놀아본 기억이 별로 없다. 우리 집은 그 지역에서 제법 알아주는 큰 기와집으로 된 종가여서 일이 많았다. 손에 물 마를 날 없는 엄마의 어깨너머로 배운 집안일을 곧잘 한 탓인지 가끔 칭찬을 듣기도 했다. 아버지는 내가 제법 쓸 만한 일꾼으로 보였는지 공부하라는 주문보다 심부름이나 일로 나를 자주 호출했다.

온통 산으로 둘러쳐진 문명의 소외 지역 육남매 중 넷째, 위로부터는 손이 미치기엔 멀고, 내리사랑으로는 아예 순위 밖에 있었던 나는 그런 아버지에게 반항하듯 악착같이 공부해 보란 듯이 꿈을 이루었다. 역설적이게도 그것이 아버지의 자랑이 되기도 했다. 스스로 살아남는 법을 깨우치는 수밖에 달리 방법이 없는 애매한 위치에서 성장한 덕분인지 어릴 때부터 나는 스스로에 대한 보호본능과 방어기제를 가졌다.

"옥산댁, 민채 집에 있는교?"

"있는데 와 그라능교?"

"글쎄, 민채가 우리 미숙이 얼굴을 다 할퀴었대이. 민채 손톱을 잡아빼든지 뭔 수를 내야지 안 되겠다."

유독 키가 작아 줄을 설 때마다 늘 맨 앞에 있던 여동생을 괴롭히고 울려 보내던 미숙이에게 나는 보복을 하고야 말았던 것이다. 결국 그 사건은 엄마의 사과로 간신히 마무리되었고, 온 집이 시끌시끌했다.

마음이 원하는 소리를 무시한 채 나는 늘 집안일과 농사일을 도와야 하는 노동력 제공자 이상도 이하도 아닌 존재 같아 마음속에 욕구불만이 한가득이었다. 집안일은 끝이 없었고, 뭔 객들은 그렇게 많이 오는지 집에서 조용히 밥 먹을 날이 없었다. 종가집인 우리 집에는 손님과 일가친척들이 자주 오갔다. 그러다보니 일손이 많이 필요했고 도울 수밖에 없는 당연함에 불만누적 포인트가 꽉 찰 무렵 지금까지 입 밖으로 내지 못한 사건 하나가 터졌다.

아버지의 업무 지시가 그 날도 어김없이 떨어졌는데 그것은 소죽을 끓여 놓으라는 것이었다. 아궁이에 불을 붙이기 전 솥에 물부터 채우는 게 순서다. 단단한 재질의 무게가 제법 나가는 막걸리 담는 말통에 물을 가득 채웠다. 그것을 낑낑거리며 무쇠 가마솥까지 들고 와서는 그동안 쌓인 화를 실어 있는 힘껏 물통을 솥에 내동댕이쳐버렸다. 그때, 갑자기 어디서 둑 터진 소리마냥 물이 쏴아 흘러가는 소리가 나는 것이 아닌가!

어린 마음에 설마 무쇠 가마솥이 구멍이 났으리라는 생각은 꿈에도 못했고, 물이 점점 없어지는 것을 목격하며 아뿔사! 현실이라는 것을 그제서야 깨달았다.

생존본능은 모르쇠로 일관하고, 논일을 끝내고 소와 함께 귀가한 아버지에게 나는 태연하게 솥에 구멍이 나서 소죽을 못 끓인 이유를 말했다. 아버지는 구멍난 것이 솥이 오래되어 닳아서 그런 것으로 알고는 "허거참!"을 연발했다. 다행히 더 이상의 추론은 없었다.

아버지는 내게 그리움보다 섭섭함을 많이 남기고 가셨다. 딸을 공주대접까진 아닐지라도 따뜻한 말 한 마디 정도는 해줄 수 있었을 텐데……. 생전의 아버지는 엄격하고 무섭고 꽤나 까다로웠다. 우리 자매는 손톱 한번 길게 기를 수 없었고, 특히 밥상에 앉을 때 풍기는 로션 향을 싫어하여 늘 조심해야 했다.

양반과 상놈으로 나누며 사사건건 지적질을 하며 소통과 교감이 안 되는 아버지를 보고 나는 "어른들은 아무래도 좀 이상해" 하는 어린왕자의 혼잣말을 자주 중얼거렸다.

"아저씨는 왜 딸이 원하는 것을 물어보지 않아요?"

어린왕자가 아버지의 별에서 던졌을 질문이다.

보이는 게 다가 아니고, 정말로 중요한 것은 눈에 보이지 않는 것이다. 딸보다 일이 중요했던 아버지는 반백이 넘은 딸이 그 일로 인해 아직도 서운해 할 줄 몰랐을 것이다. 한 송이 장미는 누군가의 관심과 사랑과 지지로 곱게 피는 것인데 말이다.

"아저씨는 왜 매일 가로등을 켰어요?"

"나는 시키는 대로 한 거야."

"그런데 왜 매일 불을 켰다가 또 꺼요?"

"명령이니까……."

어린왕자는 다섯 번째 별에서 만난 점등하는 아저씨를 도저히 이해할 수 없었다. 그는 가로등에 불을 점등하느라 다른 것을 볼 줄 몰랐고, 반복적인 일만 계속했다. 습관처럼 주어진 일을 하느라 딸의 호기심이나 꿈에는 관심이 없었던 우리 아버지처럼 말이다.

그것은 딸에 대한 투자가 쓸데없다고 생각한 "문명의 소외"와 "조상 모시기"가 중한 종가의 아들문화 때문이었을 것이다. 딸인 내 등록금이나 준비물은 꼭 사정하고 눈물을 보여야 해결되었다.

시집보낼 딸에게 투자하고 싶은 생각이 없었던 아버지에 대해 나는 레지스탕스가 되었다. 가산이 없었다면 지금까지 이 문제를 붙들고 있진 않았을 것이다. 그래도 부잣집 소리를 듣던 집이었는데 유독 딸에게 잔인했던 우리 아버지를 가끔씩 소환시킬 수밖에 없다. 누르는 힘이 크면 반대로 움직이는 힘 또한 큰 법이다.

아버지가 내 꿈을 누르며 집안의 힘이 되길 원했지만 나는 끝까지 공부를 해서 결국 대학에 갔고, 참 아이러니한 것은 대학에 간 딸이 대견한지 아버지는 아는 지인을 만나면 늘 내 자랑을 했다.

여러 별을 여행하고 돌아온 지금 나의 밀밭을 지나가는 바람에 순응하며 기억 속 아버지를 초대한다.

우리 육남매는 지금도 집안 행사가 있으면 기와집 너른 마당에 둘러앉아 무뚝뚝한 아버지가 남긴 흔적들을 꺼내 놓으며 누가 더 아버지에게 제재를 받았는지 내기라도 하듯 말한다.

아버지, 나의 아버지…….

자아의 신화

정광천

-파울로 코엘료, 『연금술사』

양치기 산티아고의 부모는 그가 신부가 되어 단지 먹을 것과 물을 얻기 위해 일하는 생활을 벗어나 보잘것없는 시골 집안의 자랑이 되어 주기를 바랐다. 소년은 신학을 공부했다. 하지만 조금씩 나이가 들면서 그는 더 넓은 세상을 알고 싶었다. 그것은 신이나 인류의 죄악에 대해 아는 것보다 중요한 일 같았다. 어느 날 저녁 소년은 용기를 내어 신부가 되는 길을 포기하고 싶다고 했다.

"아버지, 저는 세상을 두루 여행하고 싶습니다."

소년은 지구별에서 유일하게 형제들이 나뉘어 사는 한반도의 남쪽 바닷가에 살았다. 운 좋게도 든든한 형과 누나들, 그리고 살가운 여동생에다 삶에 엄격한 아버지와 넉넉한 어머니의 사랑을 바다의 파도처럼 함께 했다.

하루를 일찍 시작하던 아버지는 소년을 데리고 유달산을 오르내리며 세상을 전해 주었다. 소년의 할아버지는 일제 강점기 유학 중 관동지진 조선인 학살 당시 귀국해 남도 선창가에 자리를 잡고 글을 가르치며 궁핍한 생활을 했다. 그 분의 세 아들 중 둘째아들은 국민학교를 마치고 홀로 상경해 시청의 사환으로 일하면서 주인처럼 행세하던 일본의 소년들과 경쟁하며 중고등 과정과 전문학교를 마쳤다. 그러다 징병되어 만주로 남경으로 돌다가 광복이 되자 부모님이 계시던 자리로 돌아와 가정을 이뤘고 한국전쟁을 겪으며 사업을 시작했다. 아버지와의 대화 속에 산을 오르고 바다를 거닐던 소년은 사람과 세상, 역사에 관심이 많았다. 친구들을 좋아해 그들과 늘 웃고 떠들며 유쾌했고 새로운 경험과 결기도 다지며 나름 열심히 공부하면서 소년체전에도 참여했다. 세종대왕과 이순신 장군을 그리며 문무를 익혔다.

아버지는 더 이상 아무 말도 하지 않았다. 다음날 아버지는 주머니를 하나 건네주었다. 이것으로 양들을 사거라. 그리고 세상으로 나가 마음껏 돌아다녀라 하면서 소년에게 축복을 빌어 주었다. 소년은 아버지의 눈을 보고 알 수 있었다. 그 역시 세상을 떠돌고 싶어 한다는 걸. 물과 음식, 그리고 밤마다 몸을 뉘일 수 있는 안락한 공간 때문에 가슴속에 묻어 버려야 했던, 그러나 수십 년 세월에도 한결같이 남아 있는 그 마음을.

상경한 소년은 10·26, 12·12 사태와 광주민주화운동 등을 거치며 청년이 되었다. 불의한 세상 속 사람들에 대해 고민하고 나름의 방법을 찾아 번민하던 스무 살의 청년은 학교 도서관에서 삶의 아픔과 모순을 보며 좌절과 동시에 희망을 읽었다. UN의 자료는 당시 45억에 달하던 세계인구 중 천만여 명의 사람들이 다른 이유가 아닌 단순한 굶주림으로 사망한다는 충격적인 사실을 전했다. 4천만이 채 안 됐던 우리나라 인구의 4분의 1에 해당하는 사람들이 매년 배고픔이라는 공포적인 상황에서 인간의 삶을 마감한다는 것이다. 이어 '세상이 제공하는 먹거리는 인간뿐 아니라 지구의 모든 생명체들이 먹고도 남는다'는 설명은 슬픔을 넘어 분노를 일으켰다.

'아! 현실은 절대적인 것이 아니라 상대적인 것이구나. 그래서 내가 그 넓은 공간에서 이 지구 행성을, 그 많은 시간 중에서 이때에 방문한 거였구나.' 청년은 유일한 분단국가인 한반도의 평화통일과 지구별에 존재하는 사람들의 절대적 의식주 확보를 위해 작으나마 진정성 있는 노력과 한 걸음의 진일보라도 내딛길 꿈꾸며 이를 실천하고자 다짐한다.

너는 먼 곳에서 만물을 바라보기 때문에 정말 지혜로워. 하지만 사랑은 모르는 것 같구나. 천지창조의 엿새째가 없었다면 인간은 세상에 존재하지 않았을 테고, 구리는 언제나 구리이고, 납은 언제까지고 납일 수밖에 없었을 거야. 만물에게는 저마다 자신의 신화가 있고, 그 신화는 언젠가 이루어지지. 그게 바로 진리야. 그래서 우리 모두는 더 나은 존재로 변해야 하고, 새로운 자아의 신화를 만들어야 해. 만물의 정기가 진정 단 하나의 존재가 될 때까지 말이야.

청년은 어느 날 필연을 가장한 우연처럼 신을 만났다. 신은 이해하기 어려웠지만 신의 이름으로 바보처럼 그러나 행복하게 살아가는 이들의 살아 숨쉬는 삶을 보면서 신을 받아들였다. 덕분에 15여 년을 야학이라는 울타리 안에서 많은 젊은이들을 만났다. 쉽지 않았지만 그래도 힘든 내색하지 않고 걸어갈 수 있었다. 그 시절 어느 지점에서 자신의 계획과는 달리 사업이라는 사막의 길목에 섰다. 나름 번민의 시간을 거쳐 사막을 가로질러 가기로 했다. 사막에 발을 들여놓은 이상 돌아나갈 수 없었다. 되돌아가지 못할 바에는 앞으로 계속 나아가야 함을 기특하게도 깨달았다. 제조와 무역으로 한 삶을 보냈다. 여정은 정보기술 분야와 소프트웨어 세계로 이어졌다.

시간 속에서 청년은 장년이 되었다. 감사하게도 그는 소년과 청년을 잃지 않았다. 지금도 개인적 존재의 의미와 사회적 연대의 평화를 추구한다. 자신의 행복과 성장을 욕심내면서도 타인의 그것도 똑같이 존중하며 도모한다. 인간으로 태어난 이상 의식주에 얽매이지 않고 자기답게 살면서 사람과 자연, 세상과 조화롭기를 바란다. 지극히 단순한 것이 실은 가장 비범한 것임을 세월은 알려 주었다.

자아의 신화를 추구하는 사람들에게 삶은 얼마나 자비로운지 새삼 신의 뜻에 고개가 숙여졌다. '위대한 업'은 하루아침에 이루어지는 게 아

CEO의 인생서재

니었다. 그것은 하루하루 자아의 신화를 살아내는 세상 모든 사람 앞에 조용히 열려 있었다. 그리고 그 순간 우리는 영혼의 연금술사가 되지 않겠는가.

나는 '나'임에 감사하다. 나로 인한 인연과 이웃, 세상을 사랑할 수 있음에 더욱 고맙다. 유한함이 무한함을 잉태할 수 있다는 신비와 누구나 자유롭게 행복을 추구하는 삶을 지향해야 한다는 진리를 품을 수 있음에 자랑스럽다. 이 모두를 싣고 크고 거친 바다에 사업이라는 항해를 도전하고 이어갈 수 있음에 나의 신께 무한한 경외를 드린다. 우리는 모두 자신만의 보물을 찾고 싶어 한다. 보물을 찾고자 하는 '자아의 신화'가 우리를 지켜주고 이끌어 갈 힘을 주리라 믿는다.

"자아의 신화를 이루어내는 것이야말로 이 세상 모든 사람들에게 부과된 유일한 의무지. 자네가 무언가를 간절히 원할 때 온 우주는 자네의 소망이 실현되도록 도와준다네."

나를 찾아 떠난 여행

박근미

-류시화, 『새는 날아가면서 뒤돌아보지 않는다』

50년지기 나를 떠나보내기 위해 정방사로 떠났다. 그동안의 나를 떠나보내야 하는 마음이 이리 무거울 줄 몰랐다. 무거운 마음을 내려놓고자 찾아가는 제천 정방사 가는 길은 인생길처럼 구불구불했다. 내 살아온 날들처럼 복잡하고 어지러웠다. 입술은 사막에서 오아시스를 찾듯 바짝바짝 말라갔다.

비라도 내려준다면 좀더 마음을 쉽게 비워낼 텐데 막상 도착해보니 쏟아지길 바랐던 비 대신 맑은 계곡이 나를 기다리고 있었다. 나뭇잎 사이로 들어오는 햇살에 빛나는 계곡물은 내 마음과는 상관없이 시원한 소리를 내며 미련 없이 흐르고 있었다. 자연으로 가는 발걸음은 언제나 입술에 달달함을 묻혀 가며 먹는 솜사탕 같았다. 여러 가지 모양의 녹색

잎들이 설렘보다는 고요함을 선사했다.

　그녀를 처음 본 건 독서토론회에서였다. 사랑하는 사람에게 장미꽃 한 다발을 받은 것처럼 그녀의 착한 눈빛, 해맑은 웃음, 말 한 마디에 잠시 동안이었지만 오래 사귄 친구처럼 마음이 편안했다. 내가 하는 말을 잘 들어주고 격식이나 체면을 차리지 않고 있는 그대로 보여 주는 솔직하고 담백한 그녀가 나는 참 좋았다. 둥지를 잃은 새가 둥지를 찾은 것 같았다. 오랜만에 마음을 함께 맞추고 싶은 사람을 만났다. 그녀와 함께 있고 싶었다. 하지만 독서토론회에서 그녀는 처음이자 마지막이라는 생각이었는지 상상 밖의 이야기로 모두를 당황하게 하고 떠났다. 자꾸 그녀가 생각났다.

　류시화의 『새는 날아가면서 되돌아보지 않는다』 속 청년처럼 그녀도 내게 그렇게 다가왔던 것이다. 저자는 진리를 깨닫는 것이 자기 인생의 목표라고 했던 청년을 돌려보내기 위해 난지도에 내려놓고 오기도 하고, 나도 장발인데 너마저 장발이면 사람들이 록 밴드인 줄 착각하니까 내 집에 있으려면 삭발을 해야 한다고 했다. 방심한 사이 정말로 가위로 머리를 잘랐던 그 청년처럼 그녀도 바람처럼 움직였다.

　15년 후 우연히 만나 서로 누가 먼저랄 것도 없이 알아보지 않을까. 눈물이 그렁거리는 만남 뒤에는 예전의 그녀가 아닌 훨씬 깊은 사람이 되어 있다는 것을 느낄 수 있겠지. 그녀의 굳건함이 그리워졌다.

　나는 여태껏 물에 물 탄 듯 술에 술 탄 듯 살아왔다. 좋은 게 좋은 거고 사람들과 부딪치고 싶지 않았기에 편안하고 평범함 속에서 고여 있는 물처럼 살았다. 꾸준히 독서하며 산행하고 역사를 배워가며 성장하는 그녀와 사랑에 빠졌고, 나도 따라해 보고 싶었다. 애벌레는 길고 긴 수고 끝에 허물을 벗고 나비로 다시 새 세상을 찾아 날아오른다. 나도 과거를 버리고 새로 시작하고 싶었다.

제대로 나를 버려야 진정한 나를 찾을 것이고 가벼워져 날아갈 수 있을 것이다. 타인이 생각하는 나는 내가 아닐 때가 많았다. 사람들은 나를 만나지만 사실은 내가 아니라 자신들이 상상하고 추측하는 나를 만난 것이다. 많은 사람과 인연을 맺어가면서도 원하는 것을 가질 수가 없다. 세월이 지나 잊었다고 생각한 것도 잊은 게 아니라는 것을 알게 된다. 춘천이라는 좁은 지역에서 나는 얼굴에 가면을 쓸 수밖에 없었다. 나는 늘 타인들의 시선에 맞추며 살아왔다. 타인이 생각하는 대로 살다 보니 만족감은 없어지고 내 이야기는 없어져 갔다.

그렇게 방황하다가 정방사까지 오게 되었다. 다른 사람들의 생각대로 살아온 나에게 주는 선물 같은 여정이다. 내 향기를 찾고 싶었다. 류시화 시인의 말대로 제대로 나를 버려야 진정한 나를 찾을 것이고, 가벼워져야 날아갈 수 있을 것 같았다.

"중요한 것은 목적지가 아니라 목적지가 우리에게 부여하는 여정 그 자체이다. 그 여정이 나를 허물고 새로운 나를 만들어 간다."

정방사 가는 길은 그늘이 우산처럼 드리워져 있어서 팍팍하지 않았다.

CEO의 인생서재

한참을 걸어가다 보니 웬 중년 남자가 미소를 띠고 편안한 목소리로 인사를 건넸다.

"조금만 가면 정상이에요. 여긴 자연 속이니까 마스크 안 써도 돼요."

거리두기로 사람을 가까이 하기가 어려운 때 처음 만난 사람의 마음이 부드럽게 느껴졌다. 이 남자의 인생도 편안하게 살아왔을까. 내내 다물고 있던 내 입가의 미소가 그네를 타기 시작했다. 손가락 사이로 무거운 마음이 모래알처럼 빠져나갔다. 갑자기 마음이 홀가분해졌다.

이제 고개를 넘으면 정상이다. 그때 앞에서 혼자 큰 배낭을 메고 가는 남자가 보였다. 이젠 누구와도 자연스럽게 인사를 나눌 수 있는 준비가 되어 있었다. 학봉에서 비박을 하러 왔다는 작가였다. 그는 자신의 블로그 주소를 알려 주며 방문의 기회를 주었다. 이 작가는 어떤 인생의 해답을 찾으러 왔을까.

잠깐 대화를 나누었을 뿐인데 두 사람이 지나간 길에 깊은 여운이 남았다. 평소 같으면 그냥 지나쳐 갔을 것이다. 낯선 사람과 연결된 것은 내 마음을 잠시 비워 두었기 때문이다. 정방산 정상에서 내려다보이는 충주호가 잔잔히 빛났다. 풍경 소리는 오늘 따라 잔향처럼 호수 위로 넓게 번지고 있었다.

맨발 인생

김유홍

-이노우에 히로유키, 『생각만 하는 사람 생각을 실현하는 사람』

오늘은 생일이다. 아내는 병원에 근무하기 때문에 일찌감치 미역국을 끓여 놓고 출근했다. 아이들도 마찬가지다. 모처럼 회사도 제쳤다. 어제부터 청담동 소고기 오마까세로 케이크, 와인으로 생일축일 파티기분을 냈다. 모임 회장직을 하면서 회사 대표들이 나를 많이 챙겨준다. 시골에서 자라고 나이들어 가면서 그다지 생일축하를 거하게 해본 경험이 많지 않아 다소 흥분했던 탓인지 지난 밤 술에 취해 코로나로 닫아 놓은 문을 억지로 열다가 손가락이 찧였다. 아침까지 통증이 가시지 않는다. 아프면 돌아보라고 했다. 손가락 통증은 내가 그들을 배려했는지 내 마음을 들여다보게 해준다. 하지만 그것도 잠시 초등학교 친구에게서 생일축하 전화가 왔길래 나는 어린아이처럼 곧 손가락이 아프다고 엄살을 부렸다.

"더운 날 아프다고 집에 있지 말고 한여름 널 낳느라 고생한 어머니께 찾아가봐."

친구의 말에 정신이 확 들었다. 맞다. 고생은 내가 한 것이 아니라 어머니가 날 낳느라 고생한 것이다. 시골에서 없는 돈 모아 장남이라고 도시에 내보내 공부도 시켰건만 그때는 철이 들지 않아 하숙방에 모여 술잔만 기울였다. 마음고생도 어지간히 시킨 셈이다.

얼른 아내가 끓여 놓은 미역국을 게 눈 감추듯 먹고 어머니가 계시는 절로 향했다. 어머니는 5년 전 위암으로 고생하다 돌아가셔서 지금은 절에 아버지와 함께 모셔져 있다.

갓 구운 따뜻한 단팥빵과 커피 한 잔을 주문해서 차에 싣고 달렸다. 어릴적 유치원 갈 때 어머니는 제과점에 들러 단팥빵 2개를 사서 나에게 하나 주고 어머니도 하나를 드셨다. 어머니는 경남 진해 출신으로 유난히 회를 좋아했다. 많이 배우지 못한 아버지가 강원도 탄광에 취업하는 바람에 잠시 떨어져 살다가 그곳에 평생 눌러앉아 그 좋아하는 회도 못 먹고 강원도에서 3남 1녀의 뒷바라지를 했다. 내가 서울에 처음 와서 반지하부터 시작했듯이 부모님의 살림도 얼마나 빈곤했으랴.

절을 찾아오니 저 멀리서 목탁 소리가 아스라이 들려왔다. 평일인데도 아침부터 찾아온 사람들이 보였다. 부모나 한때 사랑했던 이를 찾아온 사람들을 멀거니 보면서 상념에 잠겼다. 혼자 올라오는 젊은 여인은 어떤 사연을 갖고 있는지 곧 울음을 터트릴 듯 걷고 있다. 한여름이라 매미 소리가 목탁 소리와 섞여 저 멀리서 어머니가 환한 웃음으로 마중을 오는 듯했다. 눈시울이 뜨거워졌다. 어머니는 아팠을 때 나와 함께 살기를 원했다. 하지만 여동생도 반대를 했고, 아내 눈치도 보여서 그렇게 하지 못했다. 그렇게 빨리 가실 줄 모르고 나는 한창 사장들 모임이 많은 때라 이런저런 이유로 밤늦게 술잔만 기울였다.

아무리 좋은 학벌과 스펙을 가졌어도 실행 없이는 한 발자국도 나아갈 수 없다고 판단한 나는 마흔 살이 되면 사업을 하겠다는 의지를 종이 위에 썼다. 그리고 자주 말로 뱉었다. 그 당시 회사는 800억 매출을 올리고 있었고, 나는 조기 진급해 잘 나가는 임원으로 있었다. 하지만 미국 출장을 다녀오면서 마흔 살에 사장과 충돌이 생겨 얼떨결에 퇴사를 하게 되었다. 인천에서 투자자 13명으로부터 20억을 현금 투자받고 안양에서 개인회사를 차려 동생에게 맡겼다.

후회가 썰물처럼 밀려왔다. 어머니를 납골당에 모실 때 영화배우 장진영 영정이 환한 웃음으로 커다랗게 정문에 걸려 있었던 것이 생각났다.

"모친 위암은 장진영처럼 위가 두꺼워져 가는 암입니다."

의사의 말 때문이었을까. 어머니 영정을 들고 납골당에 들어설 때 참 묘한 생각이 들었다. 영정 앞에서 아픔이 없기를 기도하면서 평생 잘 모시지 못한 회한을 쏟아냈다. 나중에 한 잔 하자는 약속은 의미가 없다는 생각이 들었다. 수의에는 주머니가 없다. 그래서 나는 나중이라는 단어는 가능한 한 쓰지 않는다. 요양원 간호사들이 환자들에게 가장 많이 듣는 말이 "~했어야 했는데"라고 한다. 그때 사랑을 했어야 했는데, 그때 사업을 시작했어야 했는데…….

이노우에 히로유키의 『생각만 하는 사람 생각을 실현하는 사람』에서는 전두엽이 자극을 받을수록 뇌는 더 긍정적이고 이타적으로 사고하고 움직인다고 했다. 좋은 생각을 더 많이 퍼트리려고 노력하고 더 좋은 말을 쓰려고 했는데 모두에게 이로운 일이 되었는지 모르겠다.

실천하는 2%의 사람이 생각만 하는 98%의 사람을 지배한다고 한다. 천성적으로 우수한 머리를 갖고 태어나지 못한 나는 타인의 장점을 내 것으로 만들겠다는 생각을 하며 살아간다. 그래서 주위에 좋은 아이디어가 발견되면 누구보다도 빨리 실행한다. 생각을 신속히 행동으로 옮기려면 평소 그 생각이 항상 몸에 배어 있어야 한다. 그리고 항상 각종 SNS에 말로 표현한다. 그래야 우주에 복사하고 내 몸 세포 하나하나에도 염색되기 때문에 내게 이익이 돌아오지 않아도 모임을 위해 일을 한다.

어느덧 손가락 통증이 멎었다.

엄마의 곶감

박건영

-신경숙, 『엄마를 부탁해』

　어느 순간부터 엄마한테 짜증을 많이 낸다. 고등학교를 졸업하고 하이닉스에 입사하고 나서 가끔 엄마한테 전화로 "엄마, 사랑하는 아들이에요"라고 말하기도 했는데 어느 순간인지 기억은 안 나지만 엄마의 행동에 짜증을 내는 날이 많아졌다. 엄마가 몸 생각은 안 하고 너무 혹사하는 게 보기 싫어서다.

　엄마는 농사일로 너무 많이 움직여서 무릎의 연골이 다 닳아서 큰 수술도 두 번이나 받았다. 병원에서는 옛날처럼 무릎을 쓰면 인공 연골을 넣어야 한다고 하는데도 막무가내다. 엄마는 가만히 있으면 몸에 병이 날 것 같은지 뭔가를 해야만 하는 사람이다. 생각해 보니 저녁에 누워서 TV 연속극 보는 것 외에 가만히 있는 걸 본 적이 없다. 집안일을 할 때도 뭔가를 들고 현관을 나갔다 들어왔다를 셀 수 없이 한다. 엄마는 일 욕심이 얼마나 많은지 내가 시골을 간다고 미리 연락을 하고 도착하면 준비라도 했다는 듯 일을 시킨다. 엄마 입장에서는 농기계를 다룰 수 있는 아들이 왔으니 일을 시키는 건 당연할 수도 있다. 하지만 나는 가끔 이것 때문에도 짜증이 난다. 다른 집은 아들이나 딸이 오면 일단 쉬라고 하는데 엄마는 내가 시골집에 도착하자마자 내가 해야 할 일을 쭉 나열한다. 엄마를 보러 온 건지 일을 하러 온 건지 착각이 들 정도다. 엄마가 해야 할 일들을 나열할 때 가끔 나는 짜증을 참다못해 이렇게 말하기도 한다.

"내가 일당이 얼마짜리인데……. 이런 일은 인부를 사서 하세요."

엄마가 제일 안 움직일 때가 겨울이다. 겨울에는 곶감을 포장하고 배송하는 일 외에는 추워서 농사일을 할 수가 없기 때문이다. 그 외의 계절은 엄마에게 삶의 활력을 주는 계절이다. 엄마는 밭에 빈터를 가만 못 놔둔다. 감나무밭의 나무와 나무 사이에는 고추, 참깨, 들깨 등 여러 작물들을 재배한다. 나는 엄마에게 먹을 만큼만 하라고 하는데도 땅 놀리면 뭐하냐고 하면서 뭐든 심는다. 심어 놓고 물만 주면 끝이 아니다. 작물들도 관심을 가지고 보살펴 줘야 잘 자라고 열매도 잘 열린다. 그리고 적당량의 농약도 쳐 줘야 한다. 나무와 나무 사이에 재배하는 작물들의 농약은 엄마가 직접 약통을 매고 약을 친다. 그 약통을 가득 채우면 무게만 10kg 가까이 나가는데 그런 게 엄마의 무릎에 영향을 준다.

다행인지 감나무밭의 농약은 경운기로 쳐야 되어서 내가 오기를 기다리거나 상주 시내에 사는 형님에게 부탁한다. 형님이 상주 시내에 살아서 엄마 일을 많이 도와줘서 엄마의 몸이 그나마 덜 상한 것이다. 감나무를 심기 전에는 사과나무를 키웠다. 사과는 일주일 단위로 농약을 치는 것에 비해 감나무는 한 달에 한 번 정도만 쳐도 되니 그나마 다행이다.

엄마는 큰손이다. 뭘 해도 크게 많이 한다. 명절 때면 작은아버지, 고모 등이 와서 된장이나 고추장을 큰통으로 1통씩 가져간다. 그 된장이나 고추장을 또 담기 위해서 다시 많은 작물을 재배한다.

엄마는 퍼주는 게 좋은 사람이다. 김장철이면 본인은 5포기만 해도 충분히 먹는다고 하고선 150포기씩 김장을 한다. 그러곤 불쌍하다고 하면서 돌아가신 아버지의 작은집 아제들에게까지 다 보내 준다. 절인 배추 150포기를 씻으려면 족히 4~5시간은 걸리는데도 마다않고 그 무거운 절인 배추를 수없이 들었다 놓았다 한다. 김장 속을 넣을 때는 동네 할머니들이 품앗이를 오는데 할머니들은 한결같이 푸념을 한다.

"이 집은 김장을 왜 이렇게 많이 하는지 몰라."

그들은 20~30 포기만 해서 아들 딸들 주고도 남는데 우리 집은 150포기라 시간도 많이 걸리고 힘도 들기 때문에 그런 말이 나올 만도 하다. 그럴 때 난 박카스를 따서 할머니들에게 권한다. 그러면 할머니들은 굽은 등을 한 번 펴고는 웃으면서 마신다. 박카스는 옛날이나 지금이나 시골에선 달달하고 맛있는 최고의 음료다.

엄마 노동의 최고 시즌은 곶감을 만드는 시기다. 감나무에서 감을 따면 홍시가 되기 전에 감껍질을 벗겨서 감 타래에 매달아야 비로소 곶감이 되기 때문에 시간은 엄마를 기다려 주지 않는다. 그래서 이 시기는 엄마가 인부를 사서 일을 하는 유일한 시기다.

인부들은 시간에 맞춰 출퇴근을 한다. 하지만 엄마한테는 퇴근이 없다. 밥 먹는 시간 외에는 감 깎는 박피 기계 앞에 앉아 있다. 옛날에 비해서 감 깎는 건 많이 쉬워졌다. 일부 작업만 엄마가 해 주면 나머지는 박피 기계가 알아서 다 깎고 떨어뜨려 준다. 그럼에도 불구하고 엄마가 꼭 해야 할 일이 있으니 퇴근을 못 하는 것이다.

엄마는 평소 9시면 잠을 자는데 감을 깎는 정신 없는 시간에도 잠자는 시간은 정확히 지킨다. 문제는 새벽 2시에 일어나서 다시 감을 깎는데 인부들이 퇴근한 밤과 새벽 시간에는 감이 담긴 박스를 엄마가 직접 들어서 옮겨야 한다는 것이다. 20kg이 넘는 박스를 들어서 옮길 때가 있는데 이럴 때 엄마의 무릎은 또다시 혹사당한다. 그래서 엄마의 무릎은 겨울이면 더 시큰거린다. 잘 걷지도 못해서 절뚝거리면서 걷기도 한다. 나는 그 모습을 볼 때마다 엄마에게 적당히 좀 하라고 소리를 지른다.

"곶감 팔아서 돈을 얼마나 벌겠다고 이렇게 무리를 하세요!"

엄마는 자식들한테 손 벌리는 게 싫기 때문에 본인이 쓸 돈은 직접 버는 거라고 한다. 매달 용돈을 보내는 사람은 4남매 중 나밖에 없다. 형님은 사업이 힘들다고, 동생들은 맨날 빚에 쪼들린다고 용돈을 안 보낸다.

엄마는 경조사비도 많이 나가고 본인 먹고 싶은 것 먹고 하려면 내가 보내 주는 것만으로는 부족하니 곶감을 만드는 거라고 한다.

엄마가 만든 곶감 대부분은 가족과 친척이 판매해 준다. 작은아버지, 고모, 형수 등이 지인들에게 소개해서 판매하고 있고, 나도 엄마의 큰 판매처 중 하나이다. 거래처 선물, 모임에서 만난 사장들, 명절에 지인들한테 선물로 만만치 않은 수량을 엄마한테서 사서 보낸다.

설날까지 곶감을 다 팔아야 냉동기를 끌 수가 있는데 2년 전 설날에 갔더니 그 큰 냉동기가 힘차게 팬을 돌리면서 돌고 있었다. 엄마가 욕심을 내서 상주농협에서 생감을 추가로 사서 깎았던 모양이었다. 냉동기 문을 열어 보니 한쪽 벽에 엄청난 양의 곶감 박스가 쌓여 있었다.

"우리 것만 깎아서 팔고 없으면 없는 대로 팔지 마세요."

내가 그렇게 얘기했지만 엄마는 나 몰래 추가로 감을 샀던 것이다. 곶감 배송을 할 때면 큰조카가 엄마 일을 도와드리고 알바비를 받는데 조카에게 물어 보니 작년과 비슷한 수량이 나갔다고 한다. 그럼 엄마가 추가로 산 게 맞는 것이다. 그렇게 곶감이 남으면 그 해 돌아오는 추석 때까지 냉동기를 돌려야 하기 때문에 전기세가 또 만만찮게 나간다. 보통 곶감을 다 팔면 엄마는 설날 세뱃돈으로 손자, 손녀에게 용돈을 많이 준다.

"할머니가 손해가 많아서 올해는 많이 못 준다."

그 해는 세뱃돈을 평소의 반 정도만 주니 아이들은 실망한 표정을 얼

CEO의 인생서재

굴에 나타냈다. 나는 엄마에게 우리 집 감만 깎아서 곶감을 만들고 곶감이 모자라면 주문한 사람들한테 요즘은 곶감이 빨리 떨어지니 미리 주문을 하라고 시켰다. 그 다음 해는 우리 집 감으로만 해서 설날이 20여 일 남았는데도 곶감이 떨어졌다.

『엄마를 부탁해』를 읽을 때만 해도 책 속의 엄마처럼 엄마가 어느 날 예고 없이 갑자기 사라질 수도 있다는 생각이 들었다. 그러기에 평상시에 엄마한테 짜증을 내지 말고 잘 해드려야겠다는 생각이 들었다.

하지만 몇 달 후 나는 다시 엄마에게 언성을 높이고 있는 내 모습을 보았다. 어릴 적 엄마는 없어서도 안 되고 조금만 떨어져 있어도 불안해했는데 언제 내가 커버린 걸까.

친정엄마

이경희

-고혜정, 『친정엄마』

그녀의 나이는 방년 79세, 낼모레 80세임에도, 그녀는 아직도 당신이 할머니라고 인정하지 않는다. 길거리를 지나다 누가 "할머니!" 하고 부르면, 내가 무슨 할머니냐며 화를 내고 대꾸도 하지 않는다. 26세 손녀가 있고 그 밑으로도 줄줄이 손주가 다섯씩이나 있으면 당연히 할머니인데도 내 손주들의 그 할머니는 맞는데, 마치 노친네라는 부정적인 이미지로 보이는 저 할머니는 아니라는 듯 할머니라고 불리기를 거부한다. 그러니 노인들의 집합소인 경로당, 노인정은 언감생심 갈 생각은 당연히 없고, 거기 갈 대상이 되리라곤 아예 꿈도 안 꾼다.

하지만 마음이 청춘인 그녀도 몇 년 전부터 관절염으로 무릎이 아파 주사도 맞았고, 수술을 해야 하나 심각하게 고민하며 여러 정형외과를 다니며 X레이, 초음파 사진도 찍고 수술 상담을 받기도 했다. 무릎의 통증은 조금 나아졌다가도 또 아프기도 하고, 또 약 먹고 주사 맞고 치료하면 또 좋아지기도 하고 그랬다. 그 통증은 퇴행성관절염이 원인이기도 하지만, 더 궁극적인 원인은 과체중일 가능성이 훨씬 높다. 젊은 날부터 한 번도 날씬해 본 적이 없던 그녀는 아이를 셋씩이나 낳은 이후엔 항상 뚱뚱했다. 물론 그녀가 게으르다거나 식탐이 많다거나 하여 과체중인 것은 분명 아니다. 그건 내가 안다.

숫자 나이로 할머니가 되어진 지금도 그녀의 일과를 보면, 새벽 다섯시 반이면 어김없이 일어나 집 뒤 공원으로 운동을 나간다. 팔을 앞뒤로 휘저으며 트랙을 힘차게 몇 바퀴씩 돌기도 하고, 공원 귀퉁이에 있는 운동기구로 스트레칭을 하는 등 땀을 뻘뻘 흘리며 죽기 살기로 운동을 한다. 특히나 같이 트랙을 도는 할머니들과 사뭇 경쟁을 하듯이 앞서거니 뒷서거니 걷는데, 행여 조금이라도 뒤처지면 어떻게 해서라도 이겨야 한다는 경쟁심이 발동하여 무리수를 두며 빨리 걷기도 한다. 그리곤 항상 승리자가 되어 개선장군처럼 씩씩하게 돌아온다. 물론 온몸은 땀에 흠뻑젖어 있고, 옷도 축축해진 상태지만 몸과 마음은 매우 가볍게 마치 오늘도 뭔가를 해낸 듯 임무를 완수하고 집에 돌아와 차가운 물에 샤워를한다. 그런 후 무릎이 아파 걷기운동을 못했을 때, 체중 불면 안 될까봐 '당근마켓'을 통해 구입한 승마운동기구를 지금도 하루 한 시간씩, 어떤때는 오전 오후에 걸쳐 두 시간씩 타며 체중 줄이기에 안간힘을 쓰고 있으나, 여전히 그녀는 배 불룩한 할머니다. 젊은이들도 헬스장 다니며 돈 내고 살 빼려고 엄청 노력을 하나 어디 살이라는 게 그렇게 쉽게 빠져나가는 물체인가. 하물며 팔십 가까이 붙어 있던 살이 쉽게 빠질 리 만무하니 평생 떼내려 노력은 하나 미우나 고우나 데리고 살아야 할 존재가 그것이리라.

그녀가 우리 집에 같이 살게 된 지도 올해로 만 20년이나 된다. 처음부터 딸네 집에 얹혀 살 생각이 있었던 것도 아니고, 사위가 처가살이 할 계획이 있었던 것도 아니었으나, 내가 첫째 딸을 그녀의 전주 집에 5년이나 맡겼다가 둘째아들이 태어나고는 감히 그 먼 전주에 그 귀한 아들을 떼어놓을 엄두가 나지 않아 "엄마, 애기 돌 때까지만 우리 집에 같이 있으면서 봐주시면 안 돼요?" 하며 떼쓰다시피 부탁하며 치맛자락을 잡았던 게 돌은 고사하고 5년, 10년이 넘어 벌써 20년째다. 그녀가 애초부터 나이든 할머니로 시작했던 건 아니었는데, 그리고 처음부터 무릎이 아팠던 것도 아니었는데, 세월이 흐르고 흘러 그녀는 할머니가 되고 퇴행성관절염으로 무릎이 아파지는 나이가 되었다.

처음엔 우리 필요에 의해 그녀를 우리 집에 붙잡아 두었으나, 나의 둘째아들이 스무 살이나 된 지금도 그녀가 우리 집에 있어야 하는 이유는 이제는 순전히 그녀 자신 때문이다. 처음엔 너무 고생시켜 안 되겠다 싶어 아이도 크고 방도 필요해서 그만 오시라고 했다. 처음엔 알았다 하더니, 며칠 후 "넓은 데로 이사 간다면서 방이 없다냐?" 하길래, '아, 그만

CEO의 인생서재

오시라 하니 서운해 하시는구나, 우리 집에 오시고 싶어 하시는구나' 싶어 육체적 자유보다 정신적 기쁨을 드리기 위해 이사 오면서도 계속 오시도록 했다.

그녀는 지금도 매주 금요일이면 일을 마치고 전주 집에 갔다가 월요일이면 어김없이 아침 10시 고속버스를 타고 수원으로 다시 올라온다. 그리고 그 어려운 시내버스를 타고 딸네 집으로 온다. 오자마자 쉴 틈도 없이 이것저것 반찬거리 만들어 놓고 국도 끓여놓고, 밀린 빨래도 하며 한마디로 엉덩이 붙일 시간도 없이 분주하게 움직인다. 젊은이도 세 시간 버스 타고 오면 피곤해서 퍼지기 일쑤인데, 그녀는 본업에 충실하기 위해 움직이고 또 움직인다. 그녀는 백만 시간보다도 훨씬 오래가는 듀라셀 배터리다.

그러나 그녀를 움직이게 하는 힘은 뭐니 뭐니 해도 본인이 해야 할 일이 있다는 그 존재 이유 때문이 아닐까. 삶의 이유이기도 한 본인의 할 일, 사랑하는 딸을 위해 평생을 헌신하며, 낼모레 팔순인 할머니가 아직도 세 시간씩 버스를 타고 왔다갔다 하면서도 지칠 줄 모르고 살아낼 수 있는 그 힘의 원천은 자식을 위해 내가 아직은 해줄 수 있는 게 있다는, 그리고 그것이 자식들의 필요를 채워 준다는 강한 믿음 때문이리라.

고혜정 작가는 『친정엄마』를 통해 "신은 모든 딸들과 함께 할 수 없어 친정엄마를 보내셨다"라고 하며, "아낌없이 주고도 더 못 줘서 한이 맺힌 세상의 모든 친정엄마들과 주고 싶은 도둑인 세상의 모든 딸들에게 책을 바친다"고 얘기한다. 작가는 철철이 배추김치, 열무김치, 갓김치, 파김치, 깻잎김치, 고구마순 김치 등 온갖 김치를 담고, 거기에 생채깍두기며 가지가지 마른반찬에, 각종 나물도 종류별로 손질해서 넣고, 조기며 생선도 바리바리 싸서 택배로 부쳐 보내온 엄마의 택배 상자를 풀어보며, 엄마 냄새가 나서 좋기도 하지만 이 많은 것을 혼자 준비했을 엄마 생각에 속이 상해 "내가 못살아~ 뭐 그렇게 쓸데없이 많이 해서 보내고 그래?"라며 고맙다는 말 대신 불쑥 튀어나오는 신경질을 잔뜩 부리고 난 뒤 후회를 한다고 한다. 왜 그렇게밖에 전화를 할 수 없는지 세상의 모든 딸들은 다 안다. 그리고 "내가 살아 있는 동안은 해줄 거야"가 우리네 친정엄마들의 한결같은 마음임도 세상의 모든 딸들은 다 안다.

내 친정엄마인 그녀도, 40대 초반에 홀로 되어 평생을 자식 셋 키워내느라 고생했고, 또 그 자식의 자식을 키우느라 정작 본인은 챙길 여력도 없이 친정엄마로서, 할머니로서의 삶만을 살아왔는데, 그럼에도 살아 있을 때 움직일 수 있을 때 자식들 위해 뭐라도 다 해주고 싶은 그 한결같은 마음이 그녀를 더 힘있게 살게 하는 것 같다. 카드로 몇 만 원 긁기만 해도 미안한 마음에 전화해서 "마트 가서 쌀이며 뭐며 사느라고 돈 많이 써버렸다"고 자수하는 우리 엄마, 딸자식이 고생해서 번 돈 펑펑 쓰는 게 마음에 걸려 쓰라고 드린 카드도 마음대로 못 쓴다. 친정엄마는 주는 건 잘해도 받는 건 잘 못하는 그런 존재인가 보다. 그럼에도 평생 직업이 친정엄마인지라 주는 건 잘하는데 받는 건 잘 못하는 젊디젊은 현역이다. 숫자에 불과한 나이를 잊어버리고 평생을 현역으로 사는 우리 친정엄마들에게 한없는 사랑을 보낸다.

군인의 정신력

강화석

-아비 조리쉬, 『혁신국가』

내성적 성격 좀 바꾸어 보려고 해병대 입대를 원하며 일반 훈련소에 갔다가 특공대에 차출되었다. 어릴 때부터 내성적이라 좋아하는 사람에게 표현도 잘 못하는 졸부 아닌 졸부가 되나 싶어서 좀 창피했다. 청춘 시절 수줍음이 많았던 초년생 때는 더더욱 심해져서 선배 누나들에게 웃음거리와 놀림감이 되기도 했다. 군대를 가야할 때쯤 회사에서 군특례를 추천해 주었는데 나는 성격을 바꾸려고 해병대를 가야 한다는 말을 듣고 심지를 굳혔다.

의지를 세우고 하루하루 흘러가던 중 15일을 앞두고 입영통지서가 도착했다. 회사 업무도 깔끔하게 정리하고 휴직계를 내고 시골집으로 가서 며칠 쉬기로 했다. 입대 날짜가 되어 부모님, 매형, 누나들과 함께 창원39사 훈련소로 갔다.

생소한 훈련소 내무반 생활과 모든 것이 낯설어서 그래도 잘 적응하여 남자로 거듭나리라 다짐했다. 하루 세끼 정해진 시간에 맞춰 밥을 많이 먹는데도 3일에 한 번씩 아주 작은 양의 변을 보는 것이 속이 타고 있다는 것임을 느꼈다.

고된 훈련 속에서 3주가 지나서야 연병장에 모두 모였다. 하사관 몇 명이 한 사람 한 사람 살피며 지나갔고, 나는 내무반에서 대기를 하며 기다렸다. 명단을 불렀는데 나도 해당되어 그 대열에 서게 되었다. 150여 명이 강당에 모여서 신체검사를 다시 받아야 했다. 발가벗겨 놓고 "허리 굽혀!"에서부터 항문검사까지 하는 것이었다. 영문을 몰랐지만 알려주는 이는 아무도 없었다.

1,500명 중 1차 150명, 2차 서류심사에 100명 정도가 뽑혀서 다시 각 특공부대로 나누어졌다. 나는 이참에 성격을 바꿀 수 있다는 생각으로 차출된 것이 기뻤다. 하지만 어떤 친구는 죽어도 못 가겠다고 하여 부모님이 역전까지 따라와 애걸복걸했다. 하지만 인솔자에 의해 그 친구의 몸은 인정사정없이 기차에 실려 배정받은 자리에 앉혀졌다.

기차 출발점까지는 인솔자가 부드럽게 대해 주었지만 5분쯤 지나자 딴짓을 못하게 쥐잡기와 알 수 없는 얼차례로 고통을 주기 시작했다. 그러한 고통을 겪고 나니 저절로 꿀잠을 자게 되었고, 새벽녘 조치원역에 내려서 부대 버스에 몸을 싣고 이동했다. 그리곤 고참들이 자고 있는 내무반에 들어가 쥐죽은 듯 조용히 잠이 들었다.

아침 기상 나팔소리에 고참들의 동작은 신에 가까울 정도로 빠르고 정확했다. 훈련소의 동작과는 엄청난 차이가 났다. 아침 점호가 끝나기 무섭게 눈 내린 막사 뒤에 집합해서 얼차례를 심하게 받아서 정신이 번쩍 들었다. 훈련소가 아니라 군대에 왔음을 실감하게 되었다.

자대 배치 전 6주간의 훈련을 받고 통과 못 하면 일반 보병으로 가야 했다. 보병 1인당 10명과 대적할 수 있게 하는 조처였다. 운동신경이 부족한 나는 몸이 뻣뻣해서 힘들었다. 그런 나 때문에 동기들도 힘들었다. 다행히 훈련 평가에서 낙오되지 않고 대대로 배치되었다가 다시 중대로 배치되는데 중대 행정반에서 소대 배치를 위한 테스트를 했다.

태권도 발차기를 시키면서 박격포가 힘든데 할 수 있냐고 물어서 나는 "네! 할 수 있습니다!" 하고 큰소리로 대답했다. 그래서 제일 힘들다는 박격포로 배정되었고, 일반 보병은 소대 단위 내무반을 사용하지만 특공대는 60명 중대원이 한 내무반을 사용했다.

눈오는 날 전술 훈련을 받았다. 박격포 조작을 못 한다고 얼차례로 휴식 시간에 남들은 쉬는데 나는 차디찬 눈바람을 맞으며 나 혼자서만 박격포를 메고 "신속 정확!"이라는 구호를 외치며 연병장을 돌았다. 나라는 존재의 사나이가 얼마나 서럽던지 구호는 울음소리가 되었다.

그러던 중 3개월, 5개월 빠른 고참이 "너, 이리와!" 하며 연병장 하수구 쪽으로 내려가는 담벼락 3미터 낮은 곳으로 데리고 갔다.

"병신새끼! 여기가 너네 집이야? 울고불고 지랄 난리야!"

정신없이 두들겨 맞았다. 왜 이런 선택을 했는지 후회가 온몸을 타고 돌았다. 군대를 갔다 오면 사나이 중의 사나이가 된다고 하는 말뜻을 실감나게 터득하는 순간이었다. 고된 훈련에 꿈도 못 꾸고 피곤함에 창피함도 묻혔고 꼭 잘해내야 한다는 다짐을 수차례 했지만 몸은 말을 듣지 않았다. 피로 골절에다가 행군 낙오 1순위인 내 정강이는 물이 차서 부어올랐고, 견디기 힘들 정도였지만 내색을 하지 않았다. 신체 이상으로 의무실에 갔다가 대전 통합병원에서 훈련을 적게 하라는 지시까지 받았지만 현실은 냉혹했다.

행군 전날 야간전술훈련 때 늘 인자하던 말년 고참이 나를 불러 그렇게 절룩댈 거면 다리를 잘라 버리라며 성질을 냈다. 행군 당일 포반장이 행군 못할 것 같으니 쉬라고 했다. 하지만 나는 할 수 있다고 말해 버렸다.

박격포를 나누어 메고 가는데 내가 안 하면 고참들이 힘들 거라는 생각에 주제 파악도 없이 배려의 마음을 베풀었더니 제일 무거운 포 다리를 내 배낭 위에 올렸다. 나는 다리 두 개를 잡고 출발했다. 군장 무게에 포 다리 무게, 소총 무게에다 다리까지 더 아파와서 절름발이 걸음을 걸으면서 애꿎은 다리에게 땅바닥에 힘을 주라고 다그치며 전진했다.

그렇게 네 시간을 걸었는데 이상한 일이 일어났다. 로보캅이 된 다리가 아프지도 않고 절룩거림도 없어진 것이었다. 평균 세 시간마다 장비를 돌아가며 메고, 장비가 없을 때도 있었지만 나에겐 그런 혜택도 주어지지 않았다. 이것도 못 하면 앞날을 어떻게 살 것인가 생각하다 보니 하늘이 도운 것인지 갸륵한 힘이 솟아올랐나 보았다.

논의 물은 먹지 말라고 간부들이 말했지만 수통에 물이 없으면 목마름을 해결할 수 없으니 봄이 되어 개구리알이 가득한 논두렁 물을 마시고 수통에도 가득 채웠다. 50분 쉬고 10분 쉬고를 반복하고, 식사 시간 1시간이 주어졌다. 출발한 지 19시간. 오랜만에 포 다리를 바꿔 준다는 고참의 말이 감로수 같았다. 무게감이 느껴지던 다리가 이상해서 20분 후에 포 다리를 다시 달라고 하자 고참은 이상한 놈이라고 회심의 미소를 날리며 이젠 낙오하지 않을 거라고 하며 나를 다독여 주었다. 낙오하면 장비를 고참들이 메야 하는데 그런 힘든 걸 하지 않아도 되기 때문이다.

28시간 만에 100km 행군을 완주한 그날 밤 연병장에서는 막걸리 파티가 열렸다. 다리는 물집이 잡혀서 바늘에 실을 꿰어 물을 빼고 절룩거렸지만 왠지 벅찬 감동이 일었다. 인생 공부를 톡톡히 한 셈이었다. 군인의 정신력은 만병통치약이라는 것을 실감했다.

이스라엘 기술혁신의 기적을 소개하는 『혁신국가』는 이스라엘 사람들의 혁신 DNA에 대해서 소개하고 있다. 작은 국가 이스라엘이 기술 강국으로 올라선 이유는 권위에 도전하고 질문하며, 누구나 아는 뻔한 일을 거부하는 정신에 있다. 건국 이후 70년 동안 이스라엘은 거대한 도전에 맞닥뜨리면서 많은 비난을 받았지만 이스라엘에 가득한 창조 정신

CEO의 인생서재

덕분에 혁신을 이루어냈다.

　이스라엘 기술혁신의 비밀은 이스라엘 군대에 있다고 한다. 이스라엘 엘리트 부대는 기술혁신을 하기에 매우 좋은 환경이다. 군 복무 중의 경험과 지식으로 벤처기업들이 창업했고, 국가경쟁력을 높였다.

　우리나라도 회사마다 혁신을 부르짖고 있다. 혁신은 멀리 있는 것이 아니다. 나는 혹독한 군대생활을 겪으면서 주어진 환경과 조건을 넘어서는 나만의 혁신을 배웠다. 내게 맞는 환경은 없다. 환경에 맞춰 나는 나의 능력을 조절하고 때로는 넘어서는 법을 배워 나가고 있다.

2부

꿈꾸는 삶

사업초년생

박건영

-로버트 기요사키, 『부자 아빠 가난한 아빠』

오산으로 가는 차 안에서 오늘은 무슨 말을 할까 혼자 곰곰이 생각해 보았다. 만나는 사람은 고객사 구매 담당자인데 오늘은 업무가 아닌 개인적인 친분으로 만나기로 했다. 공영주차장에서 몇 년 만에 만난 것처럼 우리는 두 손을 꽉 잡으며 악수를 했다. 그리고는 먹거리를 찾아 헤매는 하이에나처럼 길거리를 두리번거렸다.

겨울이라서 어둠이 일찍 찾아왔는데도 길거리는 한낮보다 밝았다. 오늘 저녁은 뭘 먹지 하며 헤매는 사람들로 음식 골목은 북적였다. 여기저기서 서비스 많이 줄 테니 들어오라고 유혹의 손짓들을 연신 보내는데 우린 밥을 이미 먹은 사람인 양 무시했다. 호객 행위를 하는 집은 "니 맛 내 맛도 없는 집"이고, 맛집은 호객을 안 해도 알아서 온다는 걸 우린 많은 경험으로 알고 있었다.

발길은 조용히 냄새를 연신 풍기는 돼지족발을 채반에 담고 있는 족발집에서 멈추었다. 입구 한쪽 귀퉁이에 초등학교 때 쓰던 다리가 약간 찌그러져서 조그마한 벽돌로 다리를 지탱시켜 놓은 책상이 있었다. 그 위에 누렇게 색이 바래고 바깥에서 온갖 길거리 먼지와 지나가는 행인들의 한풀이를 혼자 뒤집어 쓴 은행에서나 볼 수 있는 번호표가 혼자 덩그러니 놓여 있었다.

붉게 보이는 대기인 수가 "0"이라고 적힌 희미한 전광판에 현재 대기가 없다는 것을 확인하고 우리는 서로의 눈을 바라보며 고개를 끄덕여서 장소를 결정했다. 번호대기표까지 있는 걸 보니 꽤 맛집인 듯했다. 화장실이라고 써놓은 작은 표찰이 보이는 뒷문 바로 앞에만 빈자리가 있었다.

시장의 허름한 식당에서나 볼 수 있는 드럼통에 둥근 스텐 양판을 얹은 그곳에 사람들은 얼마나 많은 애환을 쏟았을까 생각하면서 자리를 잡았다. 그리고 먼지가 잔뜩 묻은 외투를 의자 밑 드럼통에 쑤셔 넣었다. 주인장은 금방 삶은 족발을 붉은 채반에 담아 꺼내 왔다. 길거리 방향으로 벽면의 반을 유리창으로 낸 곳에서 검은 두건을 두른 사내 둘이 족발을 연신 썰어대고 있었다. 이 겨울에도 더운 듯 모락모락 수증기를 내뿜는 족발을 보고 있으니 입안에 침이 좌르르 흘렀다. 짭짤한 간장 내음과 콧속을 맛있게 간지럽히는 향신료 내음이 머릿속에서 제일 큰 걸로 시켜 먹자고 명령을 내렸다.

우리는 족발이 나오기 전에 소주부터 한 잔 마셨다. 소주가 목구멍을 타고 들어가자 뱃속에서 깜짝 놀랐다는 듯 찌릿한 신호를 보내왔다. 금방 묻혀 나온 듯한 겉절이를 한입 베어 물어 보았다. 매콤달콤한 겉절이가 식욕을 일깨웠다. "오래 기다렸죠?" 하며 알바인 듯 젊은 친구가 초콜릿 빛이 도는 껍질 안에 눈처럼 하얀 비계를 가진 족발을 가져왔다. 상추위에 제일 맛있어 보이는 놈을 하나 잡아서 담았다. 그 위에 새우젓을 살포시 얹어놓고 주인장이 먹기 좋게 잘게 쓴 청량고추를 쌈장에 푹 찍어서 새우젓 위에 얹고 또다시 건배를 했다.

언제부터인지 술잔을 입에 갖다대기 전에 건배를 하는 버릇이 생겼다. 건배를 안 하고 마시면 '저 사람이 내가 뭘 불편하게 해서 화가 났나? 왜 혼자 술을 마시지!' 하는 생각이 든다. 그래서 습관적으로 잔을 들면 건배를 청하곤 한다. 그렇게 습관적인 건배가 진행되는 동안 술기운이 저 발 밑바닥에서 배꼽 쪽으로 쑤욱 올라오는 것이 느껴졌다.

오늘도 난 술기운이 내 머리 꼭대기까지 가게 하지 않겠다는 작은 다짐을 한다. 하지만 그게 잘 안 된다는 걸 내 몸이 먼저 아는 것 같다. 난 술을 많이 마시지는 않지만 애주가다. 사람 만나는 걸 좋아하고 사람을 만나면 당연히 술자리를 만들어야 한다고 생각하기 때문이다. 오늘은 일찍 끝내야겠다고 생각하고 있을 때 상대방이 조심스럽게 질문을 했다.

"대표님은 20대 후반에 어떻게 사업을 시작할 생각을 하셨어요?"

내가 24세에 사업을 해야겠다고 다짐하게 된 것은 IMF라는 놈 때문이었다. 나는 첫 회사인 현대전자산업에서 나름 꽤 좋은 평가를 받고 있었다. 하지만 IMF란 놈은 평판이 안 좋은 선배들을 가차없이 망망대해 로 밀어 놓았다. 그걸 본 나는 내 능력과는 상관없이 나도 평판이 나쁘면 저렇게 되겠구나 하는 생각이 들었다. 그때부터 나만의 사업을 해야겠다고 결심했다.

그 후로 준비만 하다가 27세에 벤처기업 창립 멤버 5인 중 하나로 내 사업을 시작할 수 있었고, 29세에 현재의 회사를 창립했다. 이런 나의 이력이 있으니 상대방은 궁금한 게 당연하다. 사실 나 때문에 창업을 하게 된 사람들이 많이 있다. 나는 사업 전도사다. 비록 매출이 작은 회사를 운영하고 있지만 이제 몇 달 후면 회사는 창립 20년을 맞는다.

사업 준비를 하면서 내게 강력한 메시지를 준 책이 있는데 바로 『부자 아빠 가난한 아빠』이다. 사업이냐 안정된 직장이냐를 놓고 고민하고 있던 나에게 '그래 그래서 넌 사업을 해야 해'라는 자신감을 새겨준 책이었다. 나는 이 책을 통해서 사업에 대해서 다른 각도에서 보기 시작했다. 우리네 처지가 비슷하다고 느끼면 비슷한 점만 보이듯이 저자의 집은 우리 집과 비슷했다. 저자의 아버지나 우리 아버지는 공부도 직장도 열심히 했지만 늘 빚에 쪼들려 있었고, 친구의 아버지는 정규 교육도 제대로 못 받았는데 금융 지식을 나름 터득해서 부자가 되었다.

"그럼 왜 모두 부자가 되지를 못하는가?"에 대한 질문에 나는 두려움 때문이라고 종종 말한다. 우리는 1997년 IMF 위기, 2008년 글로벌 금융 위기, 그리고 많은 거품 붕괴를 목격하면서 또 다른 위기가 올지 모른다는 막연한 두려움이 가슴 깊게 새겨져 있어서 선뜻 나서지 못한다.

두려움을 극복하는 방법은 '너는 할 수 있어' 하며 자신감을 높여 주면 그만이다. 걱정만 하다보면 아무것도 못 한다. 모든 건 부딪쳐 보면 해결책이 나오기 마련이다. 그렇다고 앞뒤 안 가리고 당장 사업을 하라는 말은 아니다. 사업계획서도 써보고 영업 시나리오도 세워 보고 손익계산도 해보고 사업 성공을 위해서는 죽을 각오로 덤빈다면 된다고 믿는다. 설령 안 된다고 해도 실패를 교훈 삼아서 다시 시작하면 된다.

태어나자마자 우리가 걸어다닌 건 아니지 않은가. 우리는 많은 실패를 통해서 배워 왔다. 사업은 그렇게 쉽지 않지만 그렇다고 하늘의 별따기처럼 힘든 것도 아닌 것 같다. 나는 20년 동안 지치지 않고 회사를 이끌어 왔다. 아마 그것은 사업의 목적을 돈으로 설정해 두지 않아서인 것 같다.

그렇게 술판이 거하게 펼쳐지면 몸은 내 생각과 반대로 움직인다. 그러면 술기운이 내 머리꼭대기에서 날 조롱한다. 그럴 때 꼭 아내한테서 전화가 온다. 신혼 초에는 저녁 약속이 있으면 아내한테 허락을 받듯 조심스럽게 전화기 버튼을 눌렀지만 사업을 하면서 사람들과 많이 만나다 보니 저녁은 당연히 술판을 벌이는 게 일이 되었다. 나는 아내의 전화를 받지 않았다.

고기와 꽃

박근미

-이동철, 『한 덩이 고기도 루이비통처럼 팔아라』

어릴 적 나는 김치찌개에 돼지고기라도 들어가는 날에는 콧구멍이 벌렁대는 반응을 보였다. 밥조차도 안 먹고 코를 막고 굶었다. 돼지고기 특유의 누린내는 내 모든 신경을 마치 고슴도치 가시처럼 곤두서게 했다.

20대 풋풋함이 한창이었을 때 육가공업을 하는 집안의 동갑내기 남편을 만나 아이러니하게도 나도 그 일에 뛰어들었다. 고기와의 사랑은 늦게 이루어졌고, 지금의 나는 모든 고기를 잘 먹고 좋아한다.

신기한 인연이었다. 남편은 성실했으며 착하고 순박했다. 인연을 쌓아가고 있을 당시 남편의 주머니엔 돈이 가득했다. 그러면 그럴수록 친구들은 양궁선수마냥 뾰족한 화살을 쏘기 시작했다.

"킁킁. 얘들아, 어디서 피비린내 안 나니? 파리 꼬일라. 키득키득."

"그러면 직업이 백정 아니니?"

육가공업은 도축업과 따로 분류되어 있는데도 친구들은 질투와 시기를 서로 경쟁이라도 하듯이 내 마음에 수많은 말들을 전각처럼 새기고 사라졌다.

외롭고 아픈 만큼 사업은 성공으로 향했다. 시댁의 육가공업에는 도소매 외 군납 농장 운영, 관공서 납품 등등이 있지만 나는 도소매를 담당하고 있다. 식당에서 일부러 찾아오는 도매와 직접 손님들이 눈으로 보고 원하는 부위의 양을 살 수 있는 소매를 하고 있는데 7년 전에는 셀프 바비큐장을 오픈해서 나름 지역에서는 유명세를 탔다. 인생은 어떻게 어떤 상황으로 흐르는지 모르는 것이다.

"한 덩이 고기도 두부 한 모도 커피 한 잔도 루이비통처럼 버버리처럼 롤스로이스처럼 팔아라!"

『한 덩이 고기도 루이비통처럼 팔아라』에 나오는 말이다. 루이비통을 파는 정육점, 2075년에서 온 시계, 사우디아라비아의 왕가에서 단체 주문하는 우산, 베트남 제사상에 오르는 과자, 애플이 군침을 흘리는 전기자동차업체……. 이렇게 다양한 브랜드를 아우르는 '하이엔드(High-end)'는 한 덩이 고기도 두부 한 모도 커피 한 잔도 루이비통처럼 버버리처럼 롤스로이스처럼 만들고 판다. 이들은 오직 자신만이 지닌 무기로 승부를 걸고, 스스로에게 대체 불가능한 가치를 부여한다.

호주 시드니에 위치한 정육점 '빅터처칠'은 '루이비통 정육점'이리는 별

칭을 갖고 있다. 이 가게는 외관부터 남다르다. 마치 버버리나 루이비통 같은 명품 브랜드의 매장을 보는 듯하다. 문에 달린 소시지 모양의 손잡이만 없다면 깜빡 속기 십상이다. 가게 안으로 들어서면 고급스러우면서도 푸근한 인테리어가 눈에 띈다. 빨간색 육가공 기계와 갈고리, 여물통 등을 비치해 마치 호주의 한 농장에 온 것 같은 친숙한 분위기를 자아낸다.

'설마'와 '감히'를 버리면 새로움이 찾아온다. 명품은 돈만 퍼붓는다고 되는 것이 아니다. 기존의 룰을 원점에서 다시 보는 시도가 매우 유효할 것이고 명품을 알아보는 안목의 힘도 키워야 할 것이다. 익숙함과 낯섦의 공존, 고정관념의 정면승부가 필요한 것이다. 명품 브랜드 안나수이는 디자인을 할 때마다 이전 파일을 업데이트하고 넘기면서 과거를 '커닝'했다. 이탈리아 여행용 가방 1위 론카토의 '우노'는 튼튼하고 실용적인 자동차처럼 만들어진 캐리어라는 다른 업종과 통섭했다. 샤넬의 대표 색상인 블랙과 화이트는 어린 시절 버려졌던 수녀원의 수녀복에서 착안한 것이다. 아이디어나 창작은 대부분 자신감, 자존심, 자부심으로 이루어진 것이었다.

나는 무엇과도 바꿀 수 없는 존재가 되려면 늘 달라야 하고, 알리지 않아도 알게 해야 한다는 생각을 한다. 명품은 그에 맞는 철학이 있어야 하는 것이고, 고객을 사로잡으려면 색다른 아이템으로 다가가야 한다. 그래서 나는 내가 좋아하는 꽃을 고기에 얹었다. 덕분에 가게와 우리 집에는 비린내 대신 꽃향기가 난다.

고기문화도 많이 달라졌다. 옛날에는 손님이 오는 날이나 특별한 행사에 고기를 먹었지만 이제는 평상시에도 선물을 주듯 스테이크를 구워서 예쁘게 상차림해서 먹는다. 코로나로 캠핑도 많아지면서 분위기를 마음껏 낼 수 있는 와인파티에 고기가 빠지지 않는다. 예전이나 지금이나 고기가 주는 행복은 변한 게 없다.

작년에 정육카페를 오픈했다. 특별한 공간에서 새로운 방식으로 다가가고 싶었다. 그리고 고기를 좀더 색다르게 꽃이라는 일상의 푸르름으로 향기와 함께 소비자에게 배달하고 싶었다. 택배로 고기와 꽃을 보내주면 반응이 아주 좋다. 부모님 생신선물이나 스승의 날 선물 등 축일에 고기와 꽃은 색다른 이벤트다.

나는 고기에 스토리를 만들어 소중한 날을 기억하게 해주는 일을 꿈꾼다. 고기의 비린내와 꽃의 향기로운 조합으로 세상이 행복해지는 그런 꿈을……

일찍 일어나는 새가 많이 먹는다

최득호

-리처드 바크, 『갈매기의 꿈』

"대한민국 최고의 부잣집 대문이 이게 뭡니까?"

"회장님께 말씀 드렸더니 아직 3년은 더 쓰겠다고 하셔서 손도 못 대고 있어요."

인왕산 아래 청운동에 자리한 당시 국내 최대 건설기업 회장댁 폭포공사를 할 때 관리책임자로 있던 사람과 나눈 대화다. 대문은 흔하디흔한 일반 가정의 철제 대문과 유사한 형태였는데 문 아래쪽 철판이 낡고 부식되어 땅두더지 들쑤신 표면 모양으로 울퉁불퉁 들뜨고 금이 갔다. 위에 덧칠된 감청색 페인트가 겨우 부서지지 않게 붙잡고 있는 듯 보였다.

일을 하러 가기 전엔 으리으리한 대저택에서 호화롭게 생활할 거라는 생각이 자리하고 있었기에 내심 대한민국 최고의 부잣집은 어떤 모습일지 궁금하기도 했다. 당시 성북동이나 삼성동, 논현동, 청담동과 한남동의 몇몇 사회적으로 성공한 집들을 두루 다니며 조경공사를 했던 터라 나름 기대를 하고 있었다.

약도를 들고 찾아간 첫날 잘못 찾아왔나 싶어 몇 번이나 대문 앞 골목을 오르내리며 두리번거렸다. 평지붕 2층인 집 재료도 화강석 판석을 조각조각 이어 붙인 일반주택 수준의 마감재였고, 창호 알루미늄 샷시도 수십 년 전 오래된 백색 창호였다. 정원은 잘 정돈되고 관리된 마당 잔디와 조경으로 인왕산에서 뻗어내려 뿌리박은 암벽에 가까운 바위와 계곡의 나무들과 서로 어우러져 조화롭게 잘 어울렸다. 고가의 수목이나 장식품 없이 그저 한 서민 가정의 마당 정도로밖에 느껴지지 않을 만큼 단출하고 수수했다. 국내는 물론 세계적으로 내로라하는 큰일들을 수행하고 강한 추진력과 결단력으로 통 큰 그룹 경영을 대표하는 회장의 집이라 보기 어려웠다. 소문으로만 듣고 책으로만 접했던 회장의 진면목을 보는 듯했다.

스스로 한창 하는 일이 물이 올라 있을 시기여서 일에 대한 두려움이나 어려움을 별로 느끼지 못하고 열정과 도전으로 성취한 기쁨을 만끽하고 누리던 시절이기도 했지만, 사회적으로도 열심히 노력하면 성공할 수 있다는 시대정신이 지배하고 있던 때였다. 특히 30대에 국내 굴지의 건설회사 사장으로 취임해 성공신화를 쓴 MB는 샐러리맨인 나의 우상이었고, 나에게 "하면 된다"는 자신감을 갖게 했으며, "우리라고 저렇게 되지 말라는 법 있냐"는 말은 직장 입사 동기와 친구들 저녁 술자리의 단골 넋두리였다. "일찍 일어나는 새가 많이 먹는다"는 말을 믿고 해 뜨는 시간부터 해 지는 시간까지 현장과 회사를 누비며 일했지만 힘에 부친다거나 왜 이렇게까지 열심히 해야 하지 하는 불만을 표출할 줄도 몰랐던 시절이었다.

『갈매기의 꿈』에서 갈매기 조나단 리빙스턴은 "높이 나는 새가 멀리 본다"고 했다. 높이 나는 갈매기 같은 원대한 꿈을 갖고 노력하면 신화를 창조할 수 있다는 목표를 가졌던 시기였고, 최선을 다하고 근검절약하면 어느 정도는 부자가 될 수 있을 것이라는 희망의 꿈을 품고 자신과의 싸움에 몰입했던 시절이었다. 그 후 희망 섞인 목표를 향한 부단한 노력이 수년 후 집 한 채 값에 육박하는 거금과 차량을 제공 받는 스카우트 제의를 받아 직장을 옮기는 기회로 돌아왔다.

살아 보니 세상은 "뿌린 대로 거둔다"는 말에 수긍이 간다. 주변에는 물려받은 재산으로 신혼 초부터 자가로 출발한 친구가 몇 명 있다. 물론 나름대로 노력하거나 꿈을 가지지 않은 것은 아니겠지만, 그동안의 살아온 과정을 토대로 현재 서로 처한 상황을 비교해 보면 좋은 조건으로 시작했음에도 나보다 별반 나아 보이지는 않는다. 나와 비슷한 조건인 빈손으로 출발해 희망과 노력을 바탕으로 열성을 다하고 근검절약한 친구들이 성공을 일군 경우가 더 많다.

꿈은 이루어진다고 했다. 꿈을 꾸는 자에게 미래와 희망이 있다. 꿈은 곧 자기 생각과 마음이다. 꿈이 바뀌면 생각과 마음이 바뀌고, 생각과 마음이 바뀌면 행동이 바뀐다. 행동이 바뀌면 습관이 바뀌고, 습관이 바뀌면 현실이 바뀐다. 뚜렷한 목표를 가진 사람이 그렇지 않은 사람보다 더 많이 성공한다. 목표는 머릿속으로만 생각하고 마음속으로 다짐한다고 해서 현실이 되지는 않는다. 사람은 목표를 행동에 옮기는 실행을 해야 거기에 맞춰 자신의 태도를 변경하는 경향이 있기 때문에 이루어질 가능성이 높다.

인생살이에서 목표는 성공의 씨앗이다. 아무리 기름진 밭이라도 씨앗을 뿌리지 않으면 결실을 볼 수 없다. "콩 심은 데 콩 나고 팥 심은 데 팥 난다"는 말처럼 세상 일도 뿌린 대로 거둔다. 목표가 다짐이 되고 희망이 되어 꿈이 현실이 되는 것이다.

오늘도 나는 갈매기가 되어 저 하늘 높이 떠가는 뭉게구름을 향해 날갯짓하며 힘차게 날아 오른다.

CEO의 인생서재

올 테면 오라지!

정민채

-호메로스, 『오디세이아』

영웅은 고난마저 혹독하며 진정한 쉼을 얻는 것조차 사치란 말인가. 그를 쉬게 할 고향 이타케는 잡힐 듯 아련하나 신은 결코 영웅에게 안락함을 쉽게 허락하지 않는다.

오디세우스가 온갖 고난과 시련 속에서도 귀향의 꿈을 놓지 않고 그리워했던 고향집을 '인간의 행복'이나 '인간의 지향점'으로 해석한다면 그가 20년간 겪는 시련과 위기는 내 삶과 많이 닮아 있다. 세상의 가시덤불과 엉겅퀴를 뚫고 겨우 숨통을 트는 것이 인간에게 주어진 과제라면 "이들 고난들에 이번 고난이 추가될 테면 되라지요" 하며 절규하는 오디세우스에게 연민이 느껴지는 것은 시련의 끝이 보이지 않아서인지 모르겠다.

'수많은 너울과 파도여, 올 테면 오라지!'

언제 내 자리를 만들어 놓고 오라고 손짓하는 곳이 있었던가. 녹록지 않는 상황을 만날 때면 나는 이 말을 주문 외우듯 자주 되뇌이며 마음의 각오를 다지곤 한다.

1991년 서울 성동구 금호동은 서울의 대표적인 달동네였다. 산비탈을 깎은 동네인지 다닥다닥 집과 집이 붙어 있어 옆집에서 주고받는 일상의 소음들이 다 들릴 정도였다. 초라한 집들에서 느껴지는 누추한 기운에선 희망이라고는 도무지 있을 것 같지 않는 암울한 기운이 가득한 그런 달동네였다. 하지만 드라마나 소설 속의 달동네 풍경 속에서 그려내는 가난하지만 온정적인 따뜻함이 묻어나는 휴먼 스토리는 없었다.

볼품없는 주택들 사이 좁은 비탈길 오르막길을 올라 매일같이 산행에 버금가는 가쁜 숨을 몰아쉬어야만 겨우 집에 도착할 수 있었다. 옆집 아주머니가 딸 점이를 나무라는 거친 소리는 여과 없이 내 귀에 꽂혀 기승전결을 궁금해 할 것도 없이 그 집 사정을 저절로 알게 되었다. 무엇보다 가장 충격적인 것은 이 집에는 씻을 수 있는 세면대가 따로 없어 좌변기가 있는 화장실에서 볼일을 보고 양치질, 머리 감기, 샤워까지 다해야 한다는 것이었다. 사람이 씻고 닦는 매일의 일상이 누군가에게는 전쟁 같은 일일 수 있다는 것을 그곳에서 처음으로 알게 되었다. 별로 크지도 않는 신장인데 그마저도 바로세울 수 없는 낮은 천장 아래 좌변기 배수구로 양치질한 물을 뱉어내야 했다.

여기서 어떻게 사람이 살까 싶을 정도로 열악한 달동네로 나는 시집을 왔다. 서울에는 다른 인류가 살고 있을 것 같은 근사한 동경은 와장창 박살이 났고, "서울 가신 오빠가 비단구두"라도 사올 줄 알았던 동요 속의 그 서울은 현실에선 없었다. 적어도 내겐 말이다.

사람이 일생을 통해 삶의 방향이 바뀌는 사건이 몇 가지 있을 것인데 그 중 하나가 내게는 결혼이다. 결혼을 통한 나의 첫 상경은 달동네 꼭대기 집으로 시집오며 세상과 제대로 맞설 느닷없는 용기와 뭔가를 다짐하지 않을 수 없게 나를 거세게 몰아넣고 있었다. 마치 오디세우스가 17일을 항해하다 18일째 '크세니아'가 실천되고 모든 것이 평화로운 파이아케스 족의 땅을 눈앞에 두고 다시 바다의 신 포세이돈의 복수에 엄청난 폭풍 속으로 휩쓸리듯 말이다.

이 모든 것을 감내하고도 꿋꿋이 인내하며 버티게 한 힘은 당시만 해도 꽤나 인기 있었던 대기업 사원이었던 남편에게 눈이 멀어 대단하지는 않을지라도 적어도 안정적으로 살 수 있겠다는 욕심과 나름의 검증을 거친 결과를 믿었기 때문이다.

남편의 회사 가까운 곳에 전셋집을 얻어 안락함과 달콤함은 뒤로 미루고 결혼 전 해오던 피아노 레슨을 다시 시작하며 낯선 곳에서 살아남기 위한 필살기를 발휘하기 시작했다. 평소 "내가 가면 길이 되고, 없는 길은 만들면 된다"는 이 무지막지한 개인철학은 나를 도전하게 하고 그 도전은 결국 나를 성장시켜 왔다. "걱정하고 있을 시간에 그것을 해결할 방법을 생각하라"고 했다. 걱정과 염려의 성을 높이 쌓고 사는 사람은 대부분 문제의 본질을 정면으로 들여다보지 않고 겁부터 먹고 피하는 것은 아닌지 묻고 싶어진다.

길을 나서 보면 길 위에서 질문도 생기고 답도 찾아지는 신기함을 경험하게 된다. 신이 정상에 오른 자에게만 보여 준다는 풍광이 있듯 도전하는 사람에게만 선물처럼 안기는 것이 성공이 아닐까 생각한다. 하지만 뭔가를 도전하려면 오귀기 섬 칼립소 여신처럼 주변의 다양한 간섭과 편견이 길을 떠나기도 전에 주저앉히려 한다.

"그대가 고향 땅에 닿기도 전 고난을 겪어야 할 운명을 안다면 바로 이곳에 남아 나와 함께 이 집을 지키며 불사의 몸이 되고 싶어질 것이요."

칼립소 여신의 겁주기와 달콤한 제안도 오디세우스의 귀향 꿈 앞에선 어림없다.

"그까짓 고난 올 테면 오라지요."

다시 거친 바다로 뛰어드는 모습은 과연 영웅스럽다. 칼립소 동굴을 떠나기 전 항해를 위해 만든 뗏목은 다시 몰아친 폭풍에 휩쓸려 산산이 부서졌고, 오디세우스는 살기 위해 뗏목의 기둥 하나를 겨우 붙잡고 사투를 벌였다.

"오호, 나야말로 비참하구나. 내가 고향에 닿기 전에 바다에서 많은 고초를 당하게 될 것이라고 여신이 말한 그대로구나."

후회하기엔 이미 늦었다. 이미 모든 것을 잃고 목숨까지 위태롭다.

"전쟁터에서 적과 싸우다 진작 죽을 것을 이 고난을 다 겪으며 이 바다에서 죽는단 말인가."

오디세우스의 처절한 고백처럼 2010년 우리 집도 후회와 고통으로 하루하루를 보내고 있었다. 상상하기도 싫을 만큼 처절했던 기념비적인 한 해였다. 세상의 바다에서 거센 폭풍이 한꺼번에 몰아닥친 시련은 딸의 대학입시를 향해 우리가 갖고 있는 역량을 다 쏟아내게 만들었다.

미국 동부의 명문 사립대학에 합격한 아들의 뒷바라지와 특목고 3학년 딸의 대학입시가 한꺼번에 겹친 것이다. 남편과 나는 온갖 희생을 감내하며 오롯이 우리 앞에 놓인 경제적 문제를 헤쳐 나가야 했다. 그도 그럴 것이 딸의 전공이 바이올린으로 실기 준비에 많은 돈이 필요했고, 원하는 S대는 내신과 수능, 실기 이 세 가지를 다 잘해야만 합격할 수 있는 학교였고, 어느 것 하나도 소홀히 할 수 없는 높은 산이었다. 우리 부부는 우리가 할 수 있는 뒷바라지는 다했다.

그 정도는 끄떡없다고 할 만큼 문제없던 우리 집에 딸의 입시를 앞둔 3년 전 잘못된 투자 후유증으로 2008년 리먼브라더스 금융위기 직격탄을 정통으로 맞았던 것이다. 정작 아이들의 학자금이 필요한 그때 우리 집엔 잔고가 많지 않았다. 낭패가 아닐 수 없었다. 남편과 나는 소비를 줄이고 정신적, 심리적 응원을 해가며 아이들을 다독이면서 그 거친 구간을 또다시 헤쳐 나갔다. 다시는 하고 싶지 않은 아찔한 경험을 견디고 버티어 그 바다를 건너온 것이 지금도 꿈만 같다. 물론 딸도 자기 몫을 해내며 실패 없이 목표한 학교에 합격했다.

고통은 사람을 강인하게 만든다고 말하지만 고난의 한가운데에 있을 땐 하늘이 보이지 않는다는 것을 나는 안다. 오디세우스가 죽음의 끝에서 바다의 요정 이노 라우코테아가 자기의 머리 수건을 던져주며 "네가 잡고 있는 그 뗏목을 버리고 너 스스로 헤엄쳐 파이아케스족까지 가라"고 조언했지만 그 제안을 실천하기 위한 필요조건은 바로 용기였다.

현재의 환경을 벗어나려는 능동성은 누군가 외부에서 주는 것이 아니라, 내 속에서 나오는 내재적 힘이다. 내 속도로 걸어온 내가 만든 길에 이제는 산바람도 시원하게 불어오고 쉴 만한 근사한 곳도 많이 생겼다.

가만… 지금이 야구로 치면 대략 5회 말 정도 왔을까? 결말에 만루 홈런은 아닐지라도 시원한 중전 안타를 노려본다. 나는 꿈꾸면 결국 도달한다는 자기 체면을 걸어두었다. 분명한 것은 승전가를 흥얼거리는 날이 점점 많아지고 있고, 나름의 안타로 출루의 기회가 자주 찾아오고 있다는 것이다. 얼마나 신나고 즐거운 일인가! 때론 삼진을 당해 속상하고 아쉬워도 또 다음 회에 만회할 기회가 주어지는 것은 삶에서 아직 기회가 있으니 도전하면 되는 것 아닌가. 공의 구질을 골라가며 방망이가 나갈까 말까 고민하는 타자의 갈등처럼 수많은 선택의 순간이 왔을 때 가족이 함께 팀플레이에 집중하며 감당해 나간 덕분에 지금도 경기는 이어지고 있다.

삶은 항해다. 넓은 인생의 바다에서 사이렌의 유혹에 맞설 실력이 부

CEO의 인생서재

족해 넘어지고 실패한 적도 많았지만, 남이 준 뗏목 하나만을 부둥켜안고 걱정만 한 것이 아니라 스스로 헤엄쳐 나의 섬에 도착했다. 항해 중 오디세우스가 만난 외눈박이 괴물도 몇 번이나 맞닥뜨렸다. 결코 녹록지 않았지만 그렇다고 그 괴물이 내 삶을 침몰시킬 순 없었다. 왜냐하면 나는 내 안의 자발적 능동성을 깨워 스스로 헤엄치며 생존하는 지혜를 배웠으니까.

올 테면 오라지!

90년생이 온다! 60년생도 있다!

김미순

-임홍택, 『90년생이 온다』

"아빠, 제발 직원들한테 이런 말, 갑질 좀 하지 마."

식탁에 둘러앉자마자 얼마 전 사회 초년생이 된 96년생 큰 아이의 멘트다. "나때는 말이야~" 식의 이야기가 시작되면 나오는 반응이다.

"나때는 말이야 꿇으라면 꿇었는데~"라는 말을 들으며 낄낄빠빠의 눈치를 보며 살아온 나는 "90년대생이 있는 공간에 60년대생도 있다"고 강하게 외치고 싶다. 나는 58년 개띠 선배들, 그래도 공감하는 70년대 후배들, 그야말로 무서운 80년대생, 도무지 알 수 없는 90년생과 공존하며 한 직장에서 40년 가까이 근무하고 있는 60년대생이다.

VIP 고객을 모시고 사과 따기 등 농촌체험행사를 마치고 38년생 어르신과 담소를 나누다가 이런 질문을 한 적이 있다.

"선배님, 전쟁과 그 어려운 시기를 겪느라 얼마나 애쓰셨어요?"

조심스럽게 물었던 내 질문에 그 분은 고등학교만 졸업했는데 원하던 대한항공에 취직해서 파일럿이 되었고, 평생을 대접받으며 행복하게 살고 있다는 것이다.

내가 입사한 당시 은행에서는 후선 책임자를 "대리님"이라고 불렀다. 그때는 그 대리님이 얼마나 높으신 분이었는지 모른다. "왜?"가 없고 "네"라는 대답만 있었고, 고객하고 응접실에서 맞담배 피우던 시대였으니 요즘 세대가 들으면 호랑이 담배 피우던 시절의 이야기로 비춰질 것이다.

오죽했으면 귀머거리 3년, 벙어리 3년, 장님 3년을 명심하라고 친정어머니가 눈물바람으로 단단히 교육시켜 시집을 보냈을까. 시집살이 당한 시어머니가 보상심리로 며느리를 더 구박했던 시절을 보낸 60년대생들은 결혼을 하면 직장을 그만두어야 했다. 대부분 미혼이거나 결혼을 하면 퇴사를 했던 때였기에 임신을 하게 되면 무슨 죄라도 지은 듯 말도 못 하고 출산을 하고도 법정휴가를 반납하고 출근하는 것이 자연스러웠다. 이런 시기를 지나고 어느덧 퇴직을 얼마 남겨두지 않은 60년대생들이 태어나면서부터 스마트폰이 익숙한 90년대생을 어찌 이해할 수 있겠는가.

2018년은 『90년생이 온다』는 임홍택 작가의 책이 베스트셀러가 되면서 "나때는 말야" 등의 유행어가 생기기 시작하는 시기였다. 각 기업에서 주 52시간 노동이 시행되면서 '워라밸'이 급하게 자리를 잡았다. 적응력이 뛰어난 세대들은 퇴근시간 이후를 자기 발전을 위해 투자라고 생각하는데, 그 이전 세대들은 "나보다 먼저 퇴근을 해?"라며 '괘씸죄'를 붙였다.

내가 50대가 되면 대접을 받고 싶었는데 웬걸? 상사 대접은커녕 눈치를 봐 가며 할 말도 제대로 못하고 속앓이를 할 줄 누가 알았겠는가. 시부모님 모시고 살았으니 며느리 보면 갚아 주리라고 은근 기대했던 희망마저 며느리살이로 전락하고 말았다.

항변하듯 "90년대생이 오면 60년대생도 있어."라고 속으로 외치다가도 "뭐가 그리 다르고 왜 그러는 건데?"라는 의문이 뭉게구름처럼 피어오르던 어느 날 이 책이 친구처럼 다가왔다. 90년대생의 꿈이 9급 공무원이 된 지 오래고, 최종합격률이 2%도 안 되는 상황에서 공시생이 급증했다. 기성세대는 이런 산술적인 통계를 근거로 90년대생을 피상적으로 이해하거나 무슨 생각을 하는지 모르겠다며 세대를 비판하곤 한다. 이 책은 몰려오는 그들과 공존하기 위해 이해하기 어려워도 받아들여야 하는 것들을 말하고 있다. 책을 통하여 각 산업의 마케터는 새로운 고객을 이해하기 위한 툴과 인사이트를 얻을 수 있을 것이고, 기업의 담당자는 본격적으로 기업에 입사하는 세대를 위한 실질적인 인사관리 가이드와 그들의 잠재력을 이끌어내는 방안도 싣고 있다.

중국의 마윈은 젊은 세대를 믿으라고 주장하고 있으며 실제로 알리바

　　　　　　　　　　　　　　　　　　　　　　CEO의 인생서재

바 조직 자체도 95% 이상이 30~40대로 구성되어 있다. 그만큼 새로운 세대에 기업의 미래가 달려 있다는 것이다. 서로 다른 세대가 서로를 이상하고 소통이 안 된다고 주장만 하다가는 간극을 메울 기회가 아예 사라지고 만다는 것이다.

밥상머리 교육이 안 되어 자녀 세대가 점점 인성도 엉망이고 개인주의가 되어 간다고 기존 세대들은 한탄하곤 한다. 외벌이 시대에도 부모님 모시고 자녀 키우는 것이 가능했던 경제 성장기는 지나갔다. 맞벌이를 해도 살아가기가 힘든 것이 현실이다.

60년대생은 너무 가난했으니 별 불평불만 없이 이렇게 사는 것인가 보다 하고 살았는데 지금은 양극화가 너무 심해지고 치솟는 주거비용 때문에 5포세대까지 만들어내고 있다. 아무런 꿈도 희망도 없으니 저축을 할 필요도 여건도 안 된다며 오늘 하루를 살면 된다는 90년대생의 하소연에 할 말이 없다. 그렇다고 한탄만 하고 있기에는 시간이 아깝지 않은가. 가정에서도 직장에서도 90년대생과 60년대생은 공존하고 있으니 말이다.

그러면 어떻게 조화를 이룰 수 있을 것인가. "나때는 말야", "왜 저래?"를 버리고 상대방을 인정하기만 한다면 쓴소리도 필요 없을 것이다. 아니 쓴소리도 필요하다면 거침없이 할 수 있고 들어야 한다. 60년대생인 나는 90년대생에게 60년대생이 있어 오늘의 너희가 있는 거라며 나도 좀 봐달라고, 나도 힘들다고 말하고 싶다. 60년대생, 아니 우리 이전의 기성세대들의 수고로움이 현재를 만들었고, 지금도 만들고 있으며 앞으로도 펼쳐질 90년대생의 미래라고 소리없이 아우성쳐 본다.

'간단함', '병맛', '솔직함'으로 기업의 흥망성쇠를 좌우하고 소확행을 꿈꾸는 90년대생들이여, 60년대생들도 조금만 더 이해해 주고, 알아주고, 어여삐 여겨 두 손 맞잡고 함께 나아가 보세.

법원의 장미꽃을 생각하며

서보익

-플라톤, 『소크라테스의 변론』

이른 여름 어느 날 구속 피고인의 부인이 사무실에 방문했다. 피고인이 사기 사건으로 구속되었고, 부인은 피고인 남편의 사건에 대해 대강조차 알지 못하고 있었다. 구치소에서 남편을 접견하고 바로 내 사무실로 찾아온 부인의 얼굴엔 수심이 가득하고 지쳐 보였으며 주눅들어 보였다. 남편을 한번 찾아가 봐 달라는 부인의 부탁을 나는 거절할 수 없었다.

서초역 인근 사무소에서 우면산 터널을 지나 서울구치소로 가는 시간은 불과 30분, 주차하고 구치소 입구에서 담배와 라이터, 휴대폰 등을 맡기고 변호사 신분증으로 출입증을 교환받아 두터운 철장 앞에 섰다. 끼익 소리와 함께 철장문이 열렸다. 신분증을 패용하고 가방을 스캔한 후 다른 건물로 이동했다. 간수가 확인하고 다시 철문을 열어주었다. 2

층에 있는 변호인 접견을 위한 대기실로 들어가서 이미 팩스로 보낸 변호인 접견신청서를 찾았다. 그리고 내가 가져온 동일한 접견신청서를 포개어 구치소 직원의 책상 위에 올려두고 내 이름이 불릴 때까지 기다렸다.

투명 아크릴로 칸막이 쳐진 변호인 접견실에서 피고인으로부터 사건의 내용을 들었다. 구속 피고인의 몸에서는 보통 간장 냄새 같은 특유의 짠내가 난다. 형사처벌을 받는다는 두려움과 자유를 잃은 답답함에 애가 끊어 입 깊숙한 곳에서 나는 냄새다. 양치질 한다고 감추어지는 냄새가 아니다. 하지만 3개월 지나 구속 상태에 적응하면 자연히 나지 않는다.

피고인의 서명과 간수의 확인이 있는 위임장을 받아 법원에 제출한 후 사건 기록을 보고, 다시 구치소로 찾아가 사건의 내용을 좀더 구체적으로 듣는 방법으로 제1회 공판 기일을 준비하는 것이다. 공소의 내용은 금전차용사기인데, 피고인의 변소 내용은 사실 두서없었다. 변호인의 일은 이것을 정리하는 것이다. 변호인은 비밀유지 의무가 있어서 사건의 내용을 상세히 밝힐 수가 없다.

금전차용사기도 다른 모든 형사 사건들이 그러하듯 증거법정주의에 의해 법리적으로는 모든 사실을 검사가 입증해야 하지만, 실제로는 피고인이 주요 공소사실이 명백하게 잘못되었음을 매우 구체적이고 신빙성 있는 증거로 입증하지 않으면 안 된다. 또한 고소인에게 돈을 갚지 않으면 구속 사건이 되거나 불구속 사건으로 공판이 진행되더라도 유죄 판결이 내려짐과 동시에 1심에서 법정 구속이 되기 일쑤다.

소크라테스는 평생 철학자로 진리, 지혜, 미덕을 추구한 사람이다. 그는 자신에 대한 고소 내용이 논리도 맞지 않고 증거도 없다는 것을 알고 있었다. 소크라테스에 대한 고소사실은 소크라테스가 젊은이들을 타락시키고 나라가 인정하는 신이 아닌 새로운 신들을 믿음으로써 불법을 저지르고 있다는 것이었다.

『소크라테스의 변론』에는 소크라테스의 산파술과 주옥 같은 명언들의 향연이 벌어진다. 소크라테스는 아이를 낳을 때 겪는 진통의 과정을 지혜에 비유해서 설명한다. 산모가 아이를 낳게 도와주는 산파처럼 소크라테스는 문답을 통해서 스스로 지혜를 낳을 수 있게 도와준다. 그것을 산파술이라고 불렀다.

소크라테스는 자신이 변론할 때 이미 배심원들이 유죄 판결을 할 것을 알고 있었다. 자신이 유죄 판결을 받는다면 선입관과 시샘 때문일 것이며, 그동안 그것들이 죄 없는 많은 사람에게 유죄 판결을 내리게 했고 앞으로도 그러할 것이라고 단언했다. 그럼에도 불구하고 그는 자신이 하는 말이 옳다고 확신하며 고소인들의 고소에 변론했다.

나는 변호사로서 "일은 어떻게 될지는 신의 뜻에 맡기고 나는 법에 따라 변론한다"는 소크라테스의 말을 사랑한다. 당시 아테네의 형사재판은 고소인과 피고소인이 배심원들 앞에서 서로 변론하고 배심원들의 투표로 유무죄가 정해졌다. 국가기관인 검사가 국가를 대표하여 법원에 죄형법정주의를 기초로 법률로 정한 위반 행위에 대하여 기소하고 공정한 법관이 증거법정주의에 의해 유무죄를 재판하는 것을 이념으로 하는 근대 형사절차와는 매우 달랐다.

사건으로 돌아와 피고인의 주장을 정리하여 준비해도 무죄로 나올 방법은 없었다. 나는 이 사건에서 판사를 증거로 설득해야 했다. 다시 기록을 면밀히 분석해서 검사 공소사실의 허점을 발견하고 공소사실과 상반되는 내용을 공적 기관에 사실조회를 했다.

마침 원하는 내용의 회신이 왔다. 검사가 수사 때 피고인이 약속대로 돈을 갚지 않은 것에만 집중하여 피고인이 하는 변소 중 주의깊게 확인하지 않은 것이 있었기에 '밑져야 본전이다. 일은 어떻게 될지는 신의 뜻에 맡기고 나는 법에 따라 변론한다'고 생각하며 시도한 것이 적중한 것이다.

이 사실조회 회신을 토대로 피고인의 보석을 신청했고, 추석이 지난 시점에 피고인은 자유의 몸으로 재판을 받게 되었다. 추석 전에 가족과 함께 명절을 보내게 하고 싶었지만 뜻대로 되지 않았다. 그래도 연말은 가족과 함께 지내게 되어 다행이었다. 그 외 몇 가지 사실을 더 공적 자료를 통해 확인하여 보수적으로 판단하더라도 피고인의 무죄 판결이 충분히 예상되었다.

기록을 통해 변호인 의견서를 써보면서 더욱더 확신이 들었다. 해가 바뀌면서 법원 인사이동이 있었고 마침 이 사건의 담당 판사도 변경됐다. 그렇지만 객관적 증거도 있고 무죄에 대한 강한 확신이 있었다. 판사는 피해자와 합의했는지를 집요하게 물었다. 사실 합의 여부는 유무죄와는 무관하다. 공소사실이 무죄이면 무죄 판결하고, 유죄일 때는 합의 여부가 양형에 영향을 미칠 뿐이다. 따라서 판사로서는 무죄이면 무죄 판결만 하면 족하지 합의 여부를 집요하게 물어볼 필요는 없다. 그러나 판사는 그렇게만 한다면 사회정의가 어긋나는 경우가 있다는 것을 알기에 그런 질문을 통해 합의를 종용한 것이다.

영리한 피고인도 이를 빨리 알아채고 피해액의 일부라도 갚고 합의하고자 했고, 고소인도 고소인에 대한 법정 신문을 통해 피고인에게 무죄 판결이 내릴 수 있다는 생각을 했는지 피해액 일부라도 받고 합의할 생각이 있어서 합의는 다행히 쉽게 이루어졌다.

피고인이 자금을 융통할 수 있었던 것도 행운이었다. 그 다음해 늦은 봄, 마지막 공판기일 최후변론을 위해 사무실에서 가방을 들고 서울중앙검찰청 담벼락 옆을 지나 법원과 검찰 사이의 장미터널을 통해 서울중앙법원 서관으로 향했다. 형사법정은 민사법정과 달리 바늘 떨어지는 소리가 들릴 정도로 엄숙하고 조용했다.

무죄를 예상해도 긴장된 분위기에서 이미 제출된 변호인 변론요지의 요약본을 읽고, 피고인에게 무죄를 선고하여 달라고 요청했다. 피고인도 간략히 "선처를 부탁드립니다"라고 말하고 공판기일을 마쳤으며 선고기일이 지정되었다.

피고인과 인사를 하고 헤어져 사무실로 가는데 법원 정원에 핀 검붉은 장미꽃들이 눈에 들어왔다. 슬슬 더워지는 날씨에 벌써 쪼그라든 장미와 활짝 핀 장미가 함께 있었다. 고흐의 해바라기가 연상되어 장미의 면면한 생명이 아름답게 느껴졌다.

선고기일에 무죄 판결이 났고, 며칠 후 직원을 통해 판결문을 받아 읽어보았더니 다행히 예상한 대로의 논리로 무죄 판결이 났다. 판사도 기록을 꼼꼼히 검토해서 내가 주장한 내용에 추가적인 내용을 더 보태어 판결했다. 사기사건 구속피고인에 대한 무죄 판결이라는 흔치 않은 결과에 그동안의 고생이 보답을 받은 듯했다. 사실 이 건은 내게 행운이었다.

하지만 소크라테스는 배심원 약 500명 중 유죄 280명, 무죄 220명 정도로 유죄 판결이 나왔다. 당시 재판에는 판결문 따위는 없었던 것 같다. 소크라테스는 유죄 판결에 대한 소감으로 예상한 대로 결과에는 담담했으나, 근소한 차이에는 놀랐다. 그리고 결과를 담대히 수용했고, 자신을 괴롭히지 않고 사랑했다. 사형 판결까지 확정되고는 자신에게 무죄 방면 투표한 분들과 이번 사건의 결과에 대해 토론하고 싶다며 진리의 탐구를 끝까지 추구했고 기꺼이 죽음을 받아들였다.

소크라테스는 자신에게 유죄 판결을 내린 이들과 고소한 이들에게 전혀 화를 내지 않았다. 그리고 당당한 자신감으로 "이제 떠날 시간이 되었습니다. 나는 죽으러 가고, 여러분은 살러 갈 것입니다. 그러나 우리 중에서 어느 쪽이 더 나은 운명을 향해 가는지는 신 말고는 아무도 모릅니다" 하고 변론을 마쳤다.

근대형사법의 이념이 확립된 시대에 살게 되어 다행이라고 생각되지만 소크라테스가 경고했듯이 선입관으로 부당한 처우를 받는 사례는 끊이지 않고 있다. 선입관으로 부당한 처우를 받는 이를 도와주는 것, 이것이 내게 주어진 일이다. 소크라테스처럼 지혜와 미덕을 위해 부단히 노력하고 용기를 가지며, 자신에게 잘못한 이를 용서하고 일의 결과는 신에게 맡기며 주어진 일을 담대히 행할 수 있는 앞으로의 인생을 꿈꾼다.

책을 덮고 눈을 감으니 법원 정원에서 피고 지는 붉은 장미들이 눈에 아른거렸다. 꽃망울에서 꽃을 피운 장미는 지금쯤 자연의 법칙에 따라 담대히 시들어가고 있을 것이다.

운명에 맞서는 독립 인간

박항준

-호메로스, 『일리아스』

『일리아스』는 음률이 있는 대서사시로 제대로 읽기 위해서 많은 노력이 필요했다. 한 마디로 재미가 없다. 『춘향전』에 나오는 '창'의 가사를 번역해서 외국인이 읽는 느낌이다. 신들의 질투와 경쟁에 의해서 만들어지는 일련의 사건들로 인간들의 명예와 자존심으로 무모한 전쟁을 벌이는 뻔한 이야기일 수 있다.

그런데도 『일리아스』는 서양에서는 최고의 문학작품으로 인정받고 있다. 인간의 죽음, 영웅, 분노 등을 표현하고 있다는 문학적 가치로 추앙받기도 하지만 실제 이 책의 가치는 따로 있다. 인간이 스스로의 존재가치를 인정하는 최초의 도전이기 때문이다.

신과 인간을 동등화시켜 놓은 이 작품이 나온 지도 벌써 2천여 년이

CEO의 인생서재

지났다. 이전까지 인간은 자연의 피조물로서 신이 정한 운명대로 살아 가야 하는 운명론적 존재였다. 인간의 운명을 신탁에 의존하고, 독립적 인 삶을 체념하면서 살았다. 자연과 신의 권위에 눌려 자유의 삶을 살지 못했던 것이다.

그런데 『일리아스』는 인간은 운명에 맞서는 '독립적 인간'임을 선포한 다. 인간들이 비로소 자신의 존재감과 자신의 목소리를 내기 시작하게 하는 마중물 역할을 『일리아스』가 하게 된 것이다.

『일리아스』의 주인공들은 신이 만들어 놓은 운명을 거스를 수는 없지 만 운명 속에서도 자기의 삶을, 심지어 죽음까지도 선택하는 모습을 보 여 준다. 우리는 그들을 영웅이라 부른다. 이 영웅들은 실제 우리 인간 이며, 우리에게 운명에 기대지 말고 명예롭고 독립적인 삶을 살라는 메 시지를 던진 최초의 작품인 것이다.

이 '저항과 독립의 메시지'는 헬레니즘 문화에 지대한 영향을 미쳤다. 또한 근대 독일의 실존주의 철학의 근간이 되었다. 소크라테스조차 죽 기 바로 전 죽음과 명예에 대해 『일리아스』를 인용해서 말했다.

2000년의 주기가 바뀌는 대전환의 시대에 접어들었다. 정보의 독점시 대에서 그레이트 리셋, 코어쉬프트(Core-shift), 뉴 노멀 시대라 부르는 공유시대로 넘어왔다. 정보가 공유되는 '정보대칭시대'는 '대중주도사 회(Crowd-based Society)'를 탄생시켰다. 엘리트의 전유물이었던 권 력이 대중들에게 되돌아오는 사회를 맞은 것이다. 인류가 그렇게 원하던 '대중(大衆)'이 정치, 사회, 경제 문제 해결에 직접 참여하는 풀뿌리 민주주의 사회가 된 것이다.

인류사회의 탄생 이후 인간 사회는 직접 민주주의 시스템으로 운영된 적이 없다. 『일리아스』로 인해 2천여 년 전부터 인간은 운명을 스스로 결정하기 시작했다. 하지만 대중 스스로가 국가와 사회의 운명을 결정짓고 책임을 진 적은 없었다. 그만큼 우리는 엘리트 중심사회 속에서 살고 있었던 것이다.

대중주도사회는 거대한 기존 질서와의 싸움 속에서 앞으로 나아갈 것 같다. 다윈이나 뉴턴 등 유명학자들마저도 자신들의 연구결과를 수십 년이 지난 후에 발표했다. 자신들의 연구결과로 인한 사회적 마찰에 대응하기가 버거웠기 때문이다. 아인슈타인은 죽을 때까지 젊은 물리학자들이 주장한 양자역학을 인정하지 않았다. 물리학의 거장 아인슈타인과 싸워야 했던 그 젊은 양자물리학자들은 당시에 얼마나 힘들었을까.

'대중주도사회'라는 말이 처음 언론이나 책에 등장할 때부터 "사회주의적 사상 아냐?" 하는 질문이 가장 많았다. "대중이 직접민주주의를 하는 것은 위험한 발상이다.", "선동에 쉽게 넘어가는 대중의 특성상 대중주도의 사회는 혼란을 야기시킬 수 있다." 심지어 "대중은 비합리적이며 감정적 결정을 하는 레밍(자살 쥐)이다."라는 반응들도 있었다. 국어사전마저도 '대중(大衆)'을 "엘리트와 반대되는 비합리적이고, 소극적이며, 감정적인 집단"으로 정의내리고 있을 정도로 '대중(大衆)'인 우리는 우리 스스로를 비하하고, 이에 세뇌되어 왔다.

　'대중주도사회'에 대한 주장이 대외적 관심이 큰 만큼 외부 공격을 받고 있을 때 『일리아스』를 읽게 된 것은 커다란 행운이었다. 『일리아스』로 인해 인류가 위대하고 강력한 힘을 지닌 자연으로부터 독립하여 인간 스스로 자율적인 삶을 살아갈 수 있었음을 깨닫는 순간 나 자신도 용기가 나기 시작했다.

　타인이 가진 지식적 편견을 가지고 공격해 올 때 싸움을 멈추고 『일리아스』를 생각한다. 그러면서 '대중주도사회'를 알려야 한다는 사명감으로 싸워 나가야겠다고 다짐하곤 한다. 새로운 인류의 발전에 자그마한 보탬이 될 것을 믿으며 말이다.

인디언 부족에는 말 더듬는 사람이 없다

김유홍

-김상운, 『왓칭』

내가 쓰는 단어가 어떤 단어이냐에 따라 신체의 건강상태는 하늘과 땅 차이로 벌어진다. "말한 대로 이루어진다"는 말은 의학계와 심리학계에서도 사실로 받아들여지고 있다. 나는 정부 각 부처 국정원, 금감원, 공정위, LH공사, 행안부 국장, 실장, 차관들과 월 1회 등산을 하고 있다. 벌써 7년을 넘어서고 있으니 약 80회 가량 등산을 한 셈이다. 그때마다 걱정이 되어서 토요일 약속된 그 날 비가 오지 않기를 빈다. 그런데 이런 심리학자들의 연구결과를 보면서 내가 비는 소원이 잘못되었다는 사실을 알게 되었다. 처음에는 매번 이렇게 빌었다.

"이번 주 토요일은 중요한 국장들과 등산을 가니 비가 오지 않게 해주세요."

소원을 빌면서 나는 비가 오는 모습을 이미 상상하는 것이다. 소원을 빌 때 밝은 태양이 비치는 장면을 상상해야 소원이 완성될 가능성도 높아진다.

회사 엘리베이터를 기다릴 때 '왜 이렇게 엘리베이터가 안 오지'라는 생각을 실제로 물리학자들이 측정을 해보았다. 이 생각은 0.01초 정도 우주에 물리적으로 영향을 끼쳐 도착시간이 늦어짐을 밝혀냈다. 우리는 늘 '왜 안 오지?'에 초점을 맞추고 사는 것이다.

이 책을 읽으면서 인디언 부족에게는 언어 자체에 '말더듬'이란 단어가 아예 존재하지 않는다는 것을 알 수 있었다. 언어 자체에 이런 단어가 없으니 대화를 할 때 머릿속에서 상상할 수도 없고 말을 더듬지 않고 정상적으로 할 수 있는 것이다. 사실 우리가 느끼는 모든 공포는 우리의 상상 속에서 만들어진 일이고 그것이 신체에 영향을 끼치는 것이다. 수많은 심리학자와 의학자들은 이런 사실을 증명하기 위해 인디언 마을을 찾아 일일이 부족들을 만나고 인터뷰해서 이러한 사실들을 알아냈다. 신기하게도 단 한 명도 말더듬는 사람을 찾아낼 수가 없었다.

식물에게도 생각이 있는지 실험을 해봤다. 최근 의학기술이 발달하여 식물의 주파수를 읽어내는 장비도 개발되었다. 식물의 잎에 측정 장비를 부착한 뒤 연구원들이 라이터를 식물의 잎에 대고 불을 붙였더니 높은 음을 내면서 요란하게 출력값을 뽑아냈다. 이런 현상을 지켜보던 연구원들은 너무 신기해서 이번에는 다른 방법으로 실험을 했다. 바로 옆에 있는 식물의 잎도 태우기 위해 라이터를 다시 꺼내 불을 붙이려 하자 측정 장비에서 다시 높은 주파수가 울려 퍼졌다.

"아니, 불을 붙이지도 않았고, 그저 붙이려고 마음만 먹었는데 이게 어떻게 된 거지?"

놀라운 일이었다. 전자의 실험은 라이터로 식물의 잎을 직접 지졌지만, 지금은 라이터를 켜지 않은 채 생각만 한 상태였던 것이다. 이걸 어떻게 식물이 인지할 수 있다는 것인가. 하지만 양자물리학의 입장에서 보면 충분히 가능한 일이다. 모든 물질은 입자이면서 파동을 갖고 있기 때문이다.

빛이 직진만 할 수 있다고 하지만 측정해 보면 굴절도 한다. 이는 파동을 갖고 있기에 가능한 일이다. 우리의 몸도 쪼개고 쪼개면 결국 입자이면서 파동이다. 우리가 늘 하는 생각도 과학적으로 측정할 수 있는데 뇌파는 약 13~25Hz로 각각의 뉴런이 독자적으로 활동하는 것으로 알려져 있다. 명상을 할 때와 스트레스를 받을 때 주파수 영역대가 다르게 나왔다.

또 다른 실험이 있다. 갓 태어난 새끼 토끼 세 마리를 거리를 두고 측정했다. 한 마리는 일본에 보내고, 한 마리는 미국에 보냈으며, 또 한 마리는 러시아 잠수함을 타고 가장 깊은 심해로 새끼를 데리고 간 뒤 한 마리씩 고통을 주어 죽였다. 그것을 토끼 어미는 거리에 상관없이 즉시 느끼고 반응했다. 아직 과학계는 어떤 주파수를 인지했는지는 밝혀내지 못했지만 어미는 인지하고 즉시 반응했다.

CEO의 인생서재

옛날 어머니들이 물 한 사발을 장독 위에 올려두고 자식들이 잘되기를 빌던 것도 이런 것으로 볼 수 있다. 빌면 빌수록 잘될 확률이 높아지는 것이다. 하지만 소원을 거꾸로 비는 경우가 많다. 예로 한쪽은 그냥 종이 1,000장을 태우면서 보약을 달였고, 한쪽에서는 병을 낫게 하는 마음으로 '마음 心'을 새긴 종이 1,000장을 태우며 보약을 달여 치료결과를 측정해 보았더니 달라졌다. 관찰자의 생각이 영향을 끼친 결과이다. 생각은 입자이면서 파동이라는 사실을 과학으로 밝혀낸 것이다.

몸은 두뇌보다 더 똑똑한 것 같다. 알지 못하는 사람을 만났는데 외모는 양복을 입고 깔끔하고 말도 잘하지만 왠지 악수를 해보면 그가 사기꾼이라는 것을 알 때가 있다. 몸속 양자역학의 미립자들은 신체는 물론 우주의 모든 정보와 공유할 뿐만 아니라 모든 정보를 이미 알고 있는 무한한 가능성의 에너지 알갱이들이다.

나는 80회 가까이 등산모임을 주도했는데 거의 비가 오지 않았다. 그래서 회원들은 회장이 하느님과 직통 통화를 하여 부탁을 했기 때문이라고 우스갯소리들을 한다. 산에는 살아 있는 싱싱한 나무들이 많다. 숲속을 걷게 되면 스쳐 지나가는 나무들과 같은 주파수로 만난다. 걷는 만큼 내 신체도 지구 숲속의 에너지들과 호흡하는 것이다.

주말이다. 나는 인위적 주파수에 가득 둘러싸인 도시를 떠나 산으로 간다.

3부

상실의 기억

부서지면서 내는 소리

박근미

-류시화, 『좋은지 나쁜지 누가 아는가』

원하지 않았는데 태어났고, 누가 뭐라 할 이유도 없이 우리는 각자의 영화나 드라마를 찍으며 살아간다. 그러다가 세상을 항해하는 여행자로, 쓰디쓴 비련의 여배우로, 머리를 풀어헤친 미친 여자로, 달관을 머리에 쓴 금메달을 딴 자연인으로……

누구에게나 다른 사람은 알지 못하는 사연과 상처를 가지고 있겠지만 나도 내 인생작품에 낙관을 찍은 적이 있다. 사업은 잭과 콩나무같이 하늘로 올라가고 있었고, 주위에 사람들이 가득할 때 유혹의 속삭임도 조용히 다가왔다.

아침 안개가 자욱하게 소리 없이 덮쳤다. 파라다이스 같은 제안과 통합을 유도하는 달콤함에 속아 인감도장을 찍을 때마다 콩나무는 잘려

나갔다. 그리고 그림자같이 늘 함께 있을 것 같은 사람들도 하나 둘 떠났다. 고통은 한계를 넘을 때 치유제가 된다고 하던데 그 한계를 알 수가 없었다. 이럴 때 사람들은 신의 존재를 믿는 것 같다. 돈과 사람이 나를 버리고 떠난 걸까, 아니면 내가 그것들을 떠난 것일까.

그때 류시화의 『좋은지 나쁜지 누가 아는가』라는 책이 눈에 들어왔다. 제목만 보고 선택했던 책이었는데 한 글자 한 글자 읽어 내려갔다.

"내 시는 음악도 아니고 악기도 아니다. 내 시는 나 자신이 부서지면서 내는 소리다. 모든 것 속에 당신이 있으나 그 어떤 것도 당신과 같지 않네. 새들을 허공에 날아가게 하라. 너의 새는 돌아올 것이니."

도화지에 잘못 그린 구름이 흘러 비가 되듯 내 마음은 비가 넘치고 넘쳐 바다가 되었다. 책 속의 문장들이 속속 내 눈에 들어왔다가 바다로 흘러갔다. 왜 붙잡으려 하는가. 떠나가는 것은 떠나가게 하고, 끝나는 것은 끝나게 내버려두어라. 너의 것이라면 언젠가는 네게로 돌아올 것이니. 고통은 너를 떠나는 것들에게 있는 것이 아니라 그것들을 떠나보내지 못하는 네 마음에 있다. 놓아 버려야 할 것들을 계속 붙잡고 있는 마음이 문제 아닌가.

나는 캄캄한 암흑 속에 매장된 느낌을 받았다. 어둠 속을 전력질주 해도 빛이 보이지 않았을 때 찾아온 페이지 속에서 나는 매장된 것이 아니라 파종을 한 것이었다. 청각과 후각이 살아났고, 무언가 저 밑바닥에서 뿌리를 내리고 있었다. 제 계절이 되었을 때 꽃을 피우고 삶이 열릴 것이다. 세상이 자신을 매장시킨다고 생각할 수 있지만, 그것을 파종으로 바꾸는 것은 나 자신이라는 것을 알 수 있었다. 매장이 아닌 파종을 받아들인다면 불행은 이야기의 끝이 아니지 않은가.

내가 원해서 태어난 게 아니었고 내가 원할 때 죽을 수도 없다. 탄생과 죽음에는 선택의 여지가 없어 그런지 미련도 고통도 없을 것이다. 하지만 살아 있다는 것은 아프다. 상실은 살아 있음의 대가다. 그것 때문에 열심히 비워내고 채워 가야 한다. 이것이 삶의 선물이고 비밀인 것 같다.

나는 이 책에서 새로운 인생을 배웠다. 좋은지 나쁜지 누가 아는가. 삶의 여정에서 막힌 길은 하나의 계시이다. 길이 막히는 것은 내면에서 그 길을 진정으로 원하지 않았기 때문인지도 모른다. 우리의 존재는 그런 식으로 자신을 드러내곤 한다. 삶이 때로 우리의 계획과는 다른 길로 우리를 데려가는 것처럼 보이지만 파도는 그냥 치지 않는다. 어떤 파도는 축복이다.

오늘도 나는 여배우가 되어 상실과 죽음을 넘나든다.

천태호 잔상

최득호

-데이비드 케슬러, 『의미 수업』

새벽 4시가 조금 넘은 시간, 어젯밤 10시가 넘은 시간까지 잔뜩 마신 술에 취해 곯아떨어졌는데 전화벨이 울렸다. 벌겋게 충혈된 눈으로 모자라는 잠과 취기에 꺽꺽 잠긴 목소리로 머리맡에서 우는 전화 수화기를 집어 들었다.

"진영경찰서 교통계 ○○○ 경장입니다. 박○○ 아시죠? 교통사고로 사망하셔서 ○○병원 영안실에 안치되어 있으니 가족에게 연락 부탁합니다. 다른 연락처가 없어서 선생님께 연락합니다."

이게 무슨 얘기란 말인가. 어제 저녁 공사 감독들과 어울려 천태호 팔각정자 지붕 꼭대기 첨탑돌 설치 기념 뒤풀이와 일주일 전 새로 부임한 박 소장 축하차 마산으로 원정을 나가 회식을 했다. 밤 10시 30분 경 음

주로 운전이 불가능한 박 소장에게 자고 술 깨면 아침에 오라며 여관방을 얻어주고 잠자리에 드는 걸 보고 택시를 타고 돌아왔던 것이다.

부랴부랴 사장에게 연락하고 자는 작업반장을 깨워 상황을 설명한 뒤 오늘은 전체 현장작업을 중단하라고 이르고 경찰서로 향했다. 경찰의 안내를 받아 병원으로 가서 싸늘하게 식은 박 소장의 얼굴을 확인하고 경찰과 사고현장 확인에 나섰다.

지나가던 트럭 기사가 커브길 옆 가로수 사이에 비스듬히 걸쳐 서 있는 차량을 발견하고 신고를 했던 것이다. 신고를 받고 밤 1시 40분 경 출동한 경찰은 확인할 당시 운전석에 안전벨트를 단정히 매고 상처나 피 한 방울 없이 자는 듯 앉아 있어서 잠이 든 줄 알고 흔들어 깨웠다고 했다. 사고 직후 바로 발견되어 빠른 응급조치와 병원으로 이송했으면 살았을 수도 있었을 거라는 말에 눈물이 나왔다. 아직 앞날이 구만리 같은 청춘인데 벌써 죽음을 맞이하다니. 그것도 안개 낀 낯선 밤길에서 혼자 맞은 죽음이 얼마나 무섭고 외롭고 쓸쓸했을까. 불과 몇 시간 전까지만 해도 한자리에서 웃고 떠들고 "위하여!"를 외쳤는데……. 삶이라는 게 아무것도 아니구나 하는 생각이 들었다. 나는 과연 어떻게 살아왔고 어떻게 살고 있는가. 자책과 허탈함이 가슴속 저 밑에서 슬픔과 범벅이 되어 울컥 올라왔다.

경찰은 과속으로 어두운 커브 길에서 직진하여 가로수를 들이받은 단독사고라고 했다. 지나는 차량이 뜸한 밤늦은 시간이라 발견이 늦었고,

사고차량이 진고동색이라 안개 낀 어두운 커브 길 가로수 사이에 끼여 있어 잘 보이지도 않았을 거라며 늦은 발견에 아쉬움을 보탰다.

사고차량은 앞 범퍼 정중앙 번호판 부위를 가로수에 부딪혀 움푹 찌그러져 들어간 상태였다. 보닛은 충격에 위로 튕겨져 하늘을 향해 입을 쩍 벌리고 있었다. 들이받은 가로수는 한 아름이나 될 정도로 굵고 튼튼하게 자란 놈이었는데 사고 때의 충격인지 몸이 비스듬히 기울어져 한쪽 뿌리가 드러나 있었고 나무껍질도 벗겨져 있었다.

경찰을 데리고 여관에 들러 경위를 들었다. 여관 주인은 손님이 방에 든 후 1시간이 채 못 되어 열쇠를 반납하길래 벌써 퇴실하느냐고 물었더니 내일 현장일이 걱정이 되어 현장에 가서 자겠다며 나갔다고 했다. 추측컨대 11시쯤 여관을 나왔다면 30분 후인 11시 반쯤에 사고가 일어났고, 1시 반 경에 사고 신고를 받았으니 두 시간 가까이 사고 사실을 아무도 모르고 있었던 것이다. 술도 덜 깬 상태에서 운전을 하고 현장으로 돌아올 생각을 행동으로 옮겼다는 얘기였다. 술이 제법 많이 취해 있었을 텐데 이튿날 현장 관리가 걱정되고 무거운 책임감이 발동했던 것이다.

하부댐에서 상부댐까지 약 16km의 거리를 가진 양수발전소 건설현장으로, 특성상 공사 범위가 넓은 현장이었기에 인원 보충을 본사에 요청했다. 한참을 지나 혼자 힘에 부쳐 그로기 상태가 되어 갈 즈음 사장 친구이며 조형물 구조체와 토목 현장 경험이 많은 박 소장이 파견되었던 것이다. 투입된 지 1주일 정도가 지나서 서로 손발이 조금 맞춰질 시점에 일어난 일이라 더욱 난감하기가 이를 데 없었다.

　나는 그때 돌아가신 부모님의 평온한 모습 이후로 가까이에서 죽음을 보기는 처음이었다. 시신의 일그러진 얘기는 그저 남의 이야기려니 하고 여겼다. 세상을 등진 박 소장의 주검을 눈앞에 대하고 보니 북받쳐 오르는 슬픔이 엄습해 왔다. 박 소장은 평온한 얼굴을 하고 있었지만 현실이 아니기를 바라는 마음이 간절했다.

　『의미 수업』의 저자 데이비드 케슬러는 죽음에 대한 연구에 일생을 바친 엘리자베스 퀴블러 로스의 제자이다. 가족이나 소중한 이를 잃고 난 슬픔에 접하면 처음에는 아니라고 부정한다. 그러다가 가까이에 존재하지 않는다는 사실에 분노하고 후회하다가 그 사실을 결국 인정한다. 저자는 슬픔의 다섯 단계를 이야기하고 이 슬픔이 주는 의미를 찾아야 한다고 말한다. 이미 떠난 사람이 남기고 간 것을 되돌아보면서 그것이 주는 의미를 찾아야 한다는 것이다. 저자 또한 아들을 잃고 상실의 경험을 겪음으로써 죽음의 의미를 한 단계 더 끌어올렸다. 죽음의 의미는 유품에서 찾지 말고 살아 있을 때 그 사람과 겪은 추억 속에서 찾아서 나누어야 한다고 했다.

　박 소장의 죽음은 무엇을 의미하고 있을까. 아쉽게도 나는 그와 나눈 추억이 많지 않다. 박 소장과 가까이 했던 사람들이 슬픔에서 일어나 의미를 찾기까지는 많은 시간이 필요할 것이다. 고통과 분노, 우울에서 벗어나 죽음의 의미를 안다면 삶의 의미도 찾을 수 있지 않을까.

메멘토 모리

서보익

-윌리엄 셰익스피어, 『햄릿』

2017년 추석 연휴 마지막 날 야근 후 귀갓길에 교통사고를 당할 뻔했다. 보행자 녹색 신호에 따라 횡단보도를 걷고 있었는데, 내가 바라보던 방향에서 택시가 한 대 달려오더니 기사의 눈과 내 눈이 마주쳤다. 난 그 차가 당연히 신호에 따라 멈출 것으로 생각했으나, 왱 하는 굉음에 내 몸은 반사적으로 뒷걸음질쳤다. 아직 죽을 때가 아니었는지 검도에서 쓰는 상대방과의 간격을 넓히는 보법이 무의식에서 나온 것이다. 앞으로 기세를 세워 나아가야 하는 검도 수련에서는 잘 안 쓰는 보법이다. 앞으로 피하였거나 그대로 있었으면 그때 죽었을 것이다. 택시는 내 허리 버클에서 10센티미터도 안 되는 간격으로 빠르게 지나갔다.

지금도 눈을 감으면 그때 택시가 지나가는 모습이 훤하다. 택시 기사는 횡단보도를 가로질러 차를 세웠다. 그리고는 놀란 눈으로 꾸벅 인사를 했다. 나는 놀라 항의의 표시로 오른손을 위로 들어올렸으나 말은 나오지 않았다. 그리고 횡단보도의 보행자 신호가 아직도 녹색임을 확인하고 무사히 길만 건너자고 마음먹고 간신히 발을 옮겨 길을 건넜다. 간발의 차이로 살았으나 그 후 한동안 죽음의 공포를 느꼈다. 그건 나에게 어둠과 추위를 연상케 했다. 공포영화를 보면 그 느낌이 생생하게 전해져서 또는 내 속에서 그 느낌이 올라와서 보기 힘들었다. 끈질긴 생존본능일까.

그때의 충격으로 한동안 의도치 않게 죽음의 묵상을 자주하게 되었다. 내가 그때 죽었더라면……. 정말 여러 가지로 황망한 마음이 들었다. 우선 나 자신이 아직 죽음을 마주할 자신이 없었고, 또한 죽음을 준비하지 못한 것이다. 그 무렵 아내가 급히 신청해둔 견진 성사도 받고 김수환 추기경이 설립을 지시한, 한국적 상황에 맞는 봉사와 기도의 단체인 나눔의 묵상회에 가입하여 피정을 했다. 그 피정에서 죽음에 대한 묵상을 정말 차분하게 할 수 있었고 죽음의 두려움에서 벗어날 수 있어 감사했으며, 마음이 따뜻한 여러 사람들을 만나 기뻤다.

그때부터 성경을 2년간 꾸준히 틈틈이 정독하고, 팟캐스트, 유튜브, 신부님과 수녀님들의 글들을 통해 깊이를 더해갔다. 그와 동시에 비즈니스 모임에서 좋은 분들과 만나게 되고, 그분들과 추억을 쌓으면서 내 마음을 감사로 채워 갔다. 예전에 알던 지인에게도 전화하거나 만나서 반가운 인사도 다시 나누었다. 그들은 내가 왜 그리 반가워했는지 알지 못했을 것이다. 또한 여러 인문서적, 인문학, 과학 등에 관한 것을 보이는 것마다 읽고 들었다. 가족 간의 모임과 지인들과의 모임도 많은 위안이 되었다. 함께 추억을 만들어 주는 이들이 고맙다.

큰 사고가 일어날 뻔한 이후 첫 번째 본가 가족모임이 있었는데 이런 소중한 시간을 갖게 된 것에 대하여 무한한 감사의 마음이 들었다. 따지고 보면 인간은 누구나 죽는다. 그러므로 메멘토 모리(memento mori :죽음을 잊지 마라). 결국 죽음을 준비하는 일이 중요하다는 생각이 들었다. 죽음의 두려움에서 벗어나 내 존재의 의의를 찾는 일은 계속될 것이다. 어떻게 죽을까에 대한 막연한 생각도 해 두었는데, 내 딸과 아내는 건강하게 살다가 자연사 하란다. 그래서 운동도 열심히 한다. 헬스장에서 2년간 PT를 받으며 운동하기도 하고, 최근에는 검도도 다시 시작했다. 차근히 죽음을 준비하는 과정은 삶을 하루하루 충실히 사는 것이라는 말도 가슴에 박혔다. 그리 실천하려고 노력 중이다. 그러나 앞날은 알 수 없어 위로와 위안도 필요하다. 최근에는 문학을 좀 더 읽고 있다.

문학은 우리에게 위안을 준다. 문학은 우리에게 강요하지 않는다. 셰익스피어는 햄릿을 인간을 사랑하고 이성을 존중하는 인물이며, 국민들에게 사랑받는 왕자요 교양을 갖추었고 검술도 잘 단련한 사람으로 설정했다. "인간이란 참으로 걸작품이 아닌가! 이성은 얼마나 고귀하고, 능력은 얼마나 무한하며, 생김새와 움직임은 얼마나 깔끔하고 놀라우며,

행동은 얼마나 천사 같고, 이해력은 얼마나 신 같은가! 이 지상의 아름다움이요 동물들의 귀감이지."라는 대사에서는 인간에 대한 무한한 믿음이 드러난다. "좋거나 나쁜 건 없는데, 생각이 그렇게 만들 뿐이니까.", "난 호두알 속에 갇혀 있다 해도 내 자신을 무한 공간의 왕이라 생각할 수 있다네."에서는 대단한 통찰력이 드러난다. "좋아, 내 기억의 수첩에서 젊은 시절 귀담아듣고 거기에 베껴 놓은 모든 시시껄렁한 기록들, 온갖 책의 격언들, 모든 문구들과 감상들을 지워버리고, 네(아버지 모습의 유령) 명령만 내 두뇌의 비망록 속에서 홀로 살리라"에서 햄릿은 많은 책을 읽고 기억하고 있음을 알 수 있다. 연극대사를 줄줄 외는 것은 물론이다.

그런 그에게 슬픔이 다가왔다. 자신이 정작 처한 상황에서는 이를 터놓고 이야기할 사람이 없어서 스스로를 저주한다. "오, 너무나 더럽고 더러운 이 육신이 허물어져 녹아내려 이슬로 화하거나, 영원하신 주님께서 자살금지 법칙을 굳혀놓지 않았으면. 오 하느님! 하느님!", "허나 가슴아 터져라, 입은 닫아야 하니까"라는 햄릿의 대사와 "아름다운 이 나라의 희망이요 꽃이며 예절의 거울이고 행동의 표본이요, 모든 존경의 귀감이 아주 아주 쓰러졌어!", "상쾌한 종소리 같던 이성이 불화하고 혼탁함을⋯⋯."이라는 오필리아의 대사 등에서 가련한 햄릿에게 연민이 들 수밖에 없다.

햄릿 등 셰익스피어가 쓴 비극의 원인을 등장인물의 성격 결함에서 찾는 사람들도 있다. 그러나 다른 것은 몰라도 『햄릿』에서는 운명 앞에는 한없이 나약해지는, 그리고 갈등하고 분연히 결심하여 실행하고, 뜻하지 않는 결말에 이르는 모습을 보게 된다. 우리의 모습일 수도 있고, 아닐 수도 있다. 그러나 뜻하지도 않은 비극적 상황을 우리는 곳곳에서 보고 있기에 햄릿의 비극은 남의 것이 아니다. 햄릿은 드라마틱한 비극적 상황을 겪으며, 마음의 고통과 갈등 상황에서 단순히 충동적인 행동을 하지 않고, 고뇌하고 생각하며 독백한다. "죽느냐 사느냐 그것이 문제로다(To be, or not to be: that is the question, 또는 있음이냐 없음이냐 그것이 문제로다). 어느 게 더 고귀한가. 난폭한 운명의 돌팔매와 화살을 맞는 건가, 아니면 무기 들고 고해와 대항하여 싸우다가 끝장을 내는 건가." 난폭한 운명으로 고뇌하는 햄릿은 "죽음 후의 무언가에 대한 두려움이 의지력을 교란하고 우리가 모르는 재난으로 날아가느니 우리가 아는 재난을 견디게끔 만들지 않는다면? 그리하여 양심 때문에 우리들 모두는 비겁자가 되어버리고."와 같이 준비되지 않은 죽음에 두려워하고 괴로워했다. 솔직히 내가 죽음을 열심히 준비한다고 해도 가혹한 운명에 마주하면 어떨지는 나도 모른다.

햄릿은 자신의 비애를 나눌 사람이 거의 없었다. 그게 더 비극적이다. 호레이쇼를 만나 반가워하며 자신의 연극과 관련된 계획을 이야기하는 부분에서는 그래도 혼자는 아니라고 생각했다. 그러나 그의 본질적인 심정은 "허나 가슴은 터져라, 입은 닫아야 하니까"라는 너무나도 가슴 아픈 독백에서 찾아 볼 수 있다. 다행히 나에게는 아직 주위에 사랑하는 사람들이 많다. 햄릿과 같은 드라마틱한 운명 속에서 외로움을 겪지 않기 바랄 뿐이다. 앞으로도 나는 여러 문학을 읽을 것이며, 그곳에서 존재와 삶, 죽음에 대해 묵상할 것이다. 그리고 두고두고 읽을 책 중에 『햄릿』이 포함되어 있다.

굼벵이

박건영

-루이스 L.헤이, 『미러』

이른 아침부터 고추밭의 고추를 따서 피곤해서인지 대청마루에서 꿀맛 같은 낮잠을 잤다. 3시가 조금 안 되었지만 남쪽 하늘에서 이글이글 타고 있는 태양은 대지를 다 녹아내릴 기세다. 아직 잠이 덜 깨서 멍하니 동구산 나무를 바라보고 있었다.

마을 입구에 있는 성황당 나무를 우리 동네에서는 동구산 나무로 불렀는데 나무 둘레는 못해도 4~5미터는 되고 높이도 50m 이상 되는 아주 큰 나무였다. 동구산 나무는 몇 살이나 되었을까 궁금해서 동네 어르신들에게 물었는데 어림잡아 몇 백 살은 되었을 거라고 대답했다.

멍하니 동구산 나무를 바라보고 있는데 뒷집 진묵이 아버지가 소쿠리를 들고 미나리깡을 지나 뒷문을 열고 들어왔다. 소쿠리 안에는 굼벵이가 생명의 위협을 느껴서인지 몸을 동그랗게 말고서는 또한 아직 살아 있다는 걸 보여 주는 듯 갈색 머리 부분의 입이 꼼지락거렸다. 동네 사람들은 굼벵이만 보이면 모아서 우리 집에 가져다 주었다. 우리 집에 가져다 주기 전에는 밭일을 하다가 굼벵이가 나오면 밟아 죽였다. 땅속을 헤집고 다니면서 구멍을 만들고 그 구멍으로 인해 뿌리의 발육에 지장을 준다는 이유였다.

3개월 전에 아버지가 상주 성모병원에서 청천벽력 같은 진단을 받았다. 간경화인데 간의 대부분이 굳어서 3개월 정도밖에 못 산다고 했다. 아버지는 알코올 중독자이자 가정폭력자였다. 아버지는 술에 취하면 빙의가 된 사람처럼 물건을 부수었다. 어머니는 아버지가 휘두르는 폭력의 희생자가 되었고, 심할 땐 가출을 하기도 했다.

아버지는 손에 잡히는 건 다 던졌다. 밥상은 물론이고 전화기, TV, 선풍기 등 집에 있는 건 제대로 된 게 하나도 없었다. TV는 옆구리 케이스가 깨져서 안쪽의 브라운관과 보드가 보였고, 전화기는 소화기 부분이 몇 번이나 부셔졌는지 테이프가 여기저기 둘둘 말려 있었다. 선풍기도 목이 부러져 회전이 안 되었다.

그러던 아버지는 3개월의 시한부 판정을 받고는 본인도 놀란 모양인지 얼마간 술을 마시지 않았다. 하지만 곧 다시 술을 마시기 시작했다. 나는 그 당시 중학생이었는데 그런 아버지가 이해되지 않았다. 지금 생각해 보면 어차피 3개월밖에 못살 것 하고 싶은 대로 하고 죽자는 심정이었을 것 같다는 생각도 든다.

　그렇게 3개월의 시간이 점점 다가오고 있을 때 간에 굼벵이가 좋다는 얘기를 누군가가 어머니에게 한 모양이었다. 그 후 동네 사람들이 굼벵이를 가져다 주었다. 어머니는 곧바로 가마솥 뚜껑을 뒤집고 굼벵이를 볶았다. 바삭하게 볶아서 먼저 볶은 굼벵이가 잔뜩 들어 있는 채반에 부었다. 그렇게 굼벵이가 어느 정도 모이면 어머니는 절구통에서 굼벵이를 고운 가루로 만들어 아버지의 국이나 밥에 넣었다.

　나는 아버지에게 맛이 어떠냐고 물었더니 아버지는 고소하다고 하면서 한번 먹어 보라고 했다. 나는 왠지 손이 가지 않았다. 그렇게 많은 굼벵이는 매미가 되어 보지도 못하고 아버지의 건강을 위해서 희생되었다. 정말 굼벵이의 효과인지 아니면 의사의 오판인지 아버지는 그 후로 6년을 더 살았다.

　아버지는 굼벵이 가루를 먹고 나서는 술의 양이 점점 더 늘어났다. 목수였던 아버지는 밖에서 술을 얼마나 마시고 오는지 알 수 없었다. 병원에서 간경화 판정을 받고 나서는 기력이 딸려 목수 일을 못 했고 그만큼 벌이가 줄어들게 되었다. 벌이가 줄어들게 되니 아버지는 대낮부터 집에서 1.5리터 플라스틱 대병 소주를 마셨고, 저녁에는 만취가 되어서 어머니와 싸웠다.

　그런 생활을 매일 반복하던 아버지는 3개월 후에 식도 쪽의 혈관이 터져 피를 토하고 중환자실에 1주일 정도 입원했다가 퇴원했다. 그리고 다시 2~3개월 술을 마시고, 다시 입원하고 그렇게 몇 년이 지났다. 간경화의 끝지점은 대부분 간암이 되거나 아버지처럼 식도 혈관이 터져서 토하는 거라고 했다.

어느 날 어머니에게서 삐삐가 왔다. 전화를 걸었더니 상주병원에서 큰 대학병원으로 가라고 해서 대구 영남대병원에 입원해 있다고 했다. 당시 내가 근무하던 이천에서는 대구로 가는 버스가 없어서 나는 주말에 대전을 경유해서 아버지가 입원한 병원으로 갔다.

아버지의 검은 얼굴에는 핏기가 하나도 없었다. 피를 너무 많이 토해 목에 장치를 해놓아서 말을 할 수 없는 아버지는 나를 보더니 눈물을 뚝뚝 흘렸다. 본인도 이제 끝이 어디쯤인지 느낀 듯했다. 나도 눈물이 나서 도망치듯 병실을 나왔다. 어머니가 뒤따라 나와서는 병원에서 해줄 건 아무것도 없으니 퇴원하라고 했다면서 조만간 집으로 갈 거라고 했다.

집에 온 아버지는 어머니의 도움이 없이는 아무것도 못 하는 아기가 되었다. 아버지는 그렇게 정점을 찍고 얼마 후 49세의 젊은 나이에 힘든 인생의 끈을 놓았다.

아버지가 돌아가신 날은 공교롭게도 큰형의 생일이었다. 형은 케이크를 들고 아침에 아버지를 보러 왔는데 줄곧 누워 지내던 아버지가 그날은 혼자 스스로 일어나 앉았고 생일축하노래도 불러 주었다고 한다. 어머니는 그날이 아버지의 마지막 날이 될 것을 느꼈다고 했다. 사람이 죽음에 임박하면 안 하던 일을 한다고 하는데 아버지도 그랬던 것이다. 아버지는 그렇게 첫째아들의 생일을 축하하고 할아버지 곁으로 갔다. 할아버지도 술을 그렇게 좋아해서 간암으로 돌아가셨다. 이제 할아버지와 하늘나라에서 건강 걱정 없이 함께 마음껏 술을 드시라고 나는 속으로 말했다.

보통 자식들은 부모가 하는 걸 보고 배워서 성인이 되어서도 부모의 행동을 닮는다고 했다. 나는 아버지처럼 되지 않기 위해서 스스로에게 최면을 수없이 걸었다. 『미러』의 저자 루이스 L.헤이는 거울은 암시를 준다고 했다. 긍정적인 암시는 자신감과 자존감을 북돋워 주고, 마음의 평화와 내면의 기쁨을 주어 상처를 치유한다는 것이다. 그 중에서 가장 강력한 암시는 거울 속 자신의 눈을 보면서 말하는 것이다. 거울을 통해 자신에게 긍정적 메시지를 반복함으로써 내면의 비판자를 잠재우고 자신을 위로하고 사랑하는 방법을 깨닫게 된다. 그래서 여러 가지 암시 목록을 만들고 계속적인 반복으로 온전히 자기의 것으로 만들라고 하고 있다. '해야 한다'가 아닌 긍정적인 느낌이 드는 '할 수 있어'라고 바꾸며 긍정적인 암시를 반복적으로 되풀이하라고 한다. 저자는 우리 삶의 대다수의 문제가 비판적 태도, 두려움, 죄책감, 후회라고 지적하면서 이 네 가지 요소를 머릿속에서 꺼내 쓰레기통으로 버리는 훈련도 해야 한다고 말한다. 한 개의 사진을 놓고 "나는 너를 너무 너무 사랑해"라고 매일 10분씩 21일 동안 반복적으로 최면을 걸면 100%는 아니어도 분명 변화가 있다고 한다.

나는 '아버지처럼 되지 않을 거야'라는 암시 목록을 만들었다. 그리고 그것을 반복적으로 하면서 나를 변화시켜 갔다. 현재 나는 아버지처럼 되지 않았고, 술이 들어가면 기분이 좋아져서 잘 웃고 많이 취하면 그 자리에서 잔다. 그렇게 나는 30년 가까이 술을 마셨지만 결코 아버지처럼 되지 않았다.

CEO의 인생서재

아버지의 인생 수업

김미정

-엘리자베스 퀴블러 로스, 데이비드 케슬러, 『인생 수업』

새벽 4시, 갑작스런 요란스러운 벨소리에 정신이 번쩍 들었다. 아버지가 입원하고 있는 병원이라고 하니 심장이 쿵 내려앉았다. 환자가 의식을 잃고 위독하다고 마음의 준비를 하고 오라는 병원의 전언, 가슴이 미친 듯이 뛰고 맥박이 하늘 끝까지 치솟으며 어떻게 병원에 도착했는지 아무런 기억이 없다. 병세가 호전되어 퇴원해도 좋다는 의사의 말에 병실에서 기거하며 간호하던 엄마도 편하게 주무시라고 집으로 가고 병실에 있던 아버지는 홀로 그렇게 떠났다.

아버지가 병원에 입원할 즈음 내 머릿속은 지방에 소재한 모 은행의 광고 경쟁 프리젠테이션 준비로 가득했다. 아버지의 병문안은 프리젠테이션 이후로 미루어졌고, 프리젠테이션 끝나고 가려던 계획은 아버지가 싸늘한 존재가 되어서야 이루어졌다. 며칠 전까지 치매 예방을 위해 영어단어를 외우던, 매일 2시간 가까이 동네 호수공원을 걷던, 종종 전화로 내게 안부를 묻던 아버지가 아니었던가. 그렇게 아버지는 10년 전 벚꽃이 꽃비가 되어 떨어지던 어느 슬픈 봄날 우리 곁을 떠났다.

경쟁 프리젠테이션이 뭐라고 아버지 병문안을 가지 못한 자책과 든든한 지지자였던 아버지의 부재는 엄청난 상실감과 우울증으로 나는 오랜 시간을 힘들게 보내야 했다. 출근도 싫고 만사가 싫어 넋 놓고 소파에 누워 있던 어느 날 우면산의 바람이 거실 창을 통해 내 발가락 사이로 거침없이 훅 들어왔다. 바람이 그리 센 날이 아니었음에도 그때의 발가락의 생생한 감각은 아직도 잊을 수가 없다. 아, 내가 살아 있구나. 슬프고 우울하고 만사가 싫어도 우면산의 미세한 바람을 강렬하게 느끼는 내 발가락이 너무나 고맙게 여겨졌다. 이 일이 있은 후 점차 나는 일상으로 돌아올 수 있었다.

인간이라면 누구나 삶과 죽음을 맞닥뜨릴 수밖에 없는 존재임을 우리는 알고 있다. 하지만 살아 있는 동안에는 내 삶이 영원할 것 같은 착각에 빠져 살아가고 있지 않은가? 아버지 삶의 마지막을 보며 삶에는 종착점이 있다는 것, 그 종착점이 어디서 어느 순간에 어떻게 올지 모른다는 걸 어렴풋이 알게 되면서 내 삶은 변화되기 시작했다. 오로지 일로 구조화되었던 나의 생각, 일상들, 이왕 시작한 광고 비즈니스를 성공시켜야 한다는 굳은 의지로 똘똘 뭉쳐 있는 내게 아버지는 삶은 소중하다고, 사람의 향기를 진하게 맡아보라고, 파란 하늘을 보라고, 맨발로 풀밭 위에서 춤을 춰 보라고 말을 건네는 듯했다.

실무를 꽤나 챙겼던 당시 나는 회사에 데미지가 많을 거라는 생각에 이틀 이상 휴가를 쓰지 않았지만 아주 담대하게 보름 동안, 삼주 동안의 긴 여행을 도모하게 되었으니 아버지 덕분임에 틀림없다. 성서를 팩트로 이해하던 걸 마음으로 읽는 과정이 시작되었고, 후배 직원들을 업무 외적으로도 이해하고 소통하려는 노력을 하면서 비즈니스 성과도 더 커지는 경험도 하게 되었으니 이 모두 아버지 덕분이다.

『인생 수업』은 정신의학자이며 호스피스 운동의 선구자인 엘리자베스 퀴블러 로스와 그녀의 제자 데이비드 케슬러가 죽음 직전의 사람들을 인터뷰해서 '인생에서 배워야 할 것'들을 우리들에게 전해 주고 있다. 무엇이든 분명해지려면 끝이 올 때이듯 삶이 더욱 분명해 보일 때는 병이 들거나 죽음이 가까워질 때인 것 같다. 태어나는 순간부터 죽을 때까지 우리의 인생 수업은 계속되지만 상실과 위기에 직면하게 될 때 인생 수업의 효과는 배가 되는 듯하다.

아버지의 부재로 힘든 시간을 보내야 했지만 내 곁에 있는 존재들의 소중함을 가슴깊이 느끼게 해주는 인생 수업이었으니 말이다.

코로나 시대의 삶과 죽음

김유홍

-김승호, 『새벽에 혼자 읽는 주역인문학』

코로나 확진자 수가 2천 명을 넘어섰다. 전 세계는 여전히 공포의 도가니다. 백신으로 코로나의 끝이 보이는가 싶더니 델타 바이러스로 다시 이어져 초강대국 미국도 집단면역을 포기하려 하고 있다. 일본은 올림픽을 끝내면서 도쿄에서만 확진자가 5천 명을 넘어섰다. 도쿄의 지인과 통화하면서 걱정이 깊어졌다. 전 세계는 어둠의 터널을 향해 걸어가는 것인가. 원자재 상승과 최저임금 상승 등으로 중소기업의 경영난은 심화될 것이며, 기후온난화로 폭염, 태풍, 가뭄 등으로 20년 후에는 기온이 1.5도 상승할 것이라고 학자들은 예고한다. 어제는 회사 경영에 대한 압박으로 시달리던 지인이 뇌졸중으로 사망했다. 코로나 확산으로 여기저기 대출을 하면서 악화를 막아냈지만 자금난이 심화되어 병세가 깊어졌던 것이다.

서울의 여름은 용광로처럼 뜨겁고 끝없이 뿜어 나오는 붉은 태양의 욕망은 인간의 체온을 넘어서 버린 듯했다. 나는 답답함을 이기지 못하고 고향 강원도로 달렸다. 인제 곰배령 도착하니 기온이 23도로 밖은 선선했다. 차 밖으로 나서면서 하늘 아래 이런 곳이 있다는 게 믿기지 않았다.

곰배령은 곰이 하늘을 향해 배를 드러내 놓고 있는 모습을 닮았다는 뜻으로 이름지어졌다. 몇 년 전 한겨울 이곳을 방문했을 때는 눈이 너무 많이 쌓여 발이 푹푹 빠지면서 올라갔다. 1,100m 고지의 5만 평 평원에는 겨울바람이 불어 피하듯 내려왔던 것이다.

정상에 올라 야생화와 인사를 했다. 강원도의 공기가 몸을 맴돌자 서울에서 찌든 때가 벗겨져 나가는 듯했다. 자금난을 버티지 못하고 죽음을 맞은 지인이 원래 왔던 고향에서 편안하기를 기도했다. 곰배령으로 한달음에 달려왔지만 죽음으로 내달렸던 지인을 떠올리자 '헛되다'라는 단어가 하늘을 맴돌았다. 기원전 931년 경 이스라엘 왕국을 다스린 솔로몬은 이스라엘 왕국의 최고 전성기를 이끌었다. 그런 솔로몬도 "헛되고 헛되며 헛되고 헛되니 모든 것이 헛되도다"라며 '헛되다'라는 단어를 무려 다섯 번이나 사용했다.

『새벽에 혼자 읽는 주역인문학』에는 "작은 것을 보고 큰 것을 깨닫는다."라는 글귀가 있다. 개미들은 비가 많이 내릴 것 같으면 미리 알고 피신을 한다. 배에서 살고 있는 쥐들은 배가 침몰할 것을 알고 다음 정박

할 때 배에서 내린다. 인디언들은 태풍이 올 것을 미리 알고 대비를 한다. 하지만 지금의 사람들은 자연의 변화를 잘 읽지 못한다.

다산 정약용은 힘든 유배 생활 중에도 수년에 걸쳐 『주역』에 대한 저서를 남겼다. 서양 최고의 지성들도 하나같이 동양의 사상을 심취했다. 『주역』은 세상의 변화와 세상이 움직이는 이치를 알려주기 때문이다. 주역의 괘상은 만물의 변화모습을 알려주는 과학이다. 세상의 뜻은 괘상에 녹아 있고, 그 뜻을 알게 되면 세상만사가 덜 힘들 것이다.

『새벽에 혼자 읽는 주역인문학』은 내가 회사를 꾸려가는 데 많은 지침을 주고 있다. 나는 10여 년 전 한국의 경쟁 여건을 미리 파악해 의료기사업에 뛰어들었다. 고수는 상대보다 수를 더 많이 읽는 것이라 했지만 생각만으로는 불가능했다. 그때 나는 행동이 두려움을 치료하는 것이라 생각하고 한 발자국 먼저 내딛었던 것이다.

내 귀는 모든 자연의 소리를 듣지 못하지만 내 세포는 그걸 즐기는 것 같다. 인디언들은 병이 들면 숲속에 들어가 하루종일 나무를 껴안고 치료를 한다고 한다. 생각이 복잡할 때 산을 찾으면 생각의 실타래가 풀어지고 막혀 있던 신체도 풀리는 느낌을 받는다. 우레의 강렬한 울림도 음악이 되고 삶의 기쁨이 되기도 한다.

위에는 우레가 있고, 아래에 땅이 있는 '뇌지예(雷地豫)' 괘상은 천둥소리가 들리면 자아성찰의 기회로 삼으라는 암시를 준다. 사람들이 기쁨에 넘칠 때는 긴장이 풀려서 더 이상 미래를 대비하지 않고 향락에 빠져

CEO의 인생서재

들기 쉽기 때문이다. 공자는 기쁨이 넘칠 때 다가올 위험을 잊지 않고, 성공을 누릴 때 미래의 파탄을 잊지 말라고 했다.

지인의 죽음으로 마음이 답답했다. 죽음에서 벗어나 삶의 계곡으로 거꾸로 걸어보았다. 태양으로부터 잔뜩 달아오른 신체는 폭포에서 나오는 음이온으로 생명력이 솟구쳤다. 곧 가을이 올 모양이다.

아우슈비츠 수용소 가는 길

엄기용

-비스와바 쉼보르스카, 『끝과 시작』

내년이면 내가 태어난 해가 다시 돌아오는 회갑을 맞이한다. 태어난 첫 해가 시작이었다면 육십갑자의 갑으로 돌아왔으니 끝이 아니고 이제 다시 시작인 것이다. 생각해보면 지금까지의 일생이 끝과 시작 그리고 시작과 끝의 연속이었다. 끝은 새로운 시작이었고, 시작은 끝과 맞물려 있었다.

시집 『끝과 시작』을 쓴 노벨문학상 수상작가 쉼보르카는 인류 역사상 가장 끔찍한 비극을 표현할 적절한 단어가 없다며 단어를 찾아 헤맸다. 사진을 찍는 나는 사진여행지로 폴란드에 집중했다. 폴란드는 123년간 세계지도에서 없어졌다가 1918년 독립했다. 2차대전으로 서부는 독일에, 동부는 소련에 분할 점령되었다가 우리나라처럼 1945년 해방을 맞이했다. 폴란드는 강대국에 둘러싸여 망국의 설움을 안고 있고, 그런 역사가 밑바탕이 되어 폴란드인의 민족적 자존감은 나라를 떠받치는 힘이 되었다.

사진을 찍기 위해 우리 일행은 아우슈비츠 수용소가 있었던 유대인 대학살의 현장 폴란드의 오시비엥침으로 고속도로가 아닌 국도로 이동했다. 대상지의 속살을 보기 위해서 사진여행은 주로 고속도로가 아닌 국도로 이동한다. 내 나라와 비슷하다는 역사적 동질감이 눈을 가린 탓일까? 길에서 또는 식당에서 내가 만난 폴란드인의 표정엔 웃음이 없었고, 거리는 침울했다. 길에서 본 그들의 집 또한 회색 혹은 검정색으로 어두웠다. 유대인이 내린 기차역과 수용소는 이어져 있었다. 아우슈비츠 수용소는 독일이 유럽에 있는 유대인들을 학살하고자 세운 여섯 군데 강제수용소의 본부 같은 곳이다. 독일군은 1942년부터 2년 동안 약 80만 명의 유대인을 이곳에서 학살했다.

사진을 찍는 사람은 대상을 자기가 표현하고 싶은 대로 왜곡한다. 좀 더 구체적으로 말하면 촬영하고자 하는 대상을 자기 멋대로 자르고 비틀고 왜곡시켜 사진기 앞의 대상을 자기화하여 본인이 표현하고자 하는 시선으로, 감성으로 재탄생시키려고 하는 성향과 고집이 있다. 나는 내가 갔던 그 길을 폴란드인이 강대국 사이에서 핍박 받았을 설움이 뭉친 '응어리 길'로, 강제 수용되는 동안 유대인들이 흘렸을 '눈물의 길'로 묘사하고 싶었다.

현실로부터 도망칠 수 있는 탈출구는 어디에도 없다는 쉼보르카의 절규를 안고 렌터카는 비포장 같은 포장도로를 계속 달렸다. 점심시간이 지난 지 얼마 되지 않아서인지 햇빛은 강렬했고 운전석 앞은 역광으로 사진 촬영 조건으로는 최악이었다. 흔들리는 차 안에서의 사진 촬영은 대부분 멀미를 동반한다.

사진을 찍는 사람은 자기가 좋아하는 대상이 출현하면 본능적으로 셔터에 손이 올라간다. 마치 사냥꾼이 포획하고자 하는 대상이 나타나면 총의 방아쇠를 당기듯 사진가는 셔터로 대상을 잡는다. 그 순간에는 내가 숨을 쉬고 있는지 내 심장이 뛰고 있는지 내가 걷고 있는 건지 아무런 감각이 없다. 오로지 카메라 프레임 속 대상과 내 감각만이 교감한다.

자동차의 시끄러운 엔진 소리도, 도로에 부대끼는 바퀴의 고통소리도, 차 안 다른 사람들의 수다 소리도 들리지 않았다. 카메라 프레임에 내가 찍은 사진의 영상이 사라지고 다시 찍히고 다시 사라지고를 반복했다. 카메라 셔터 소리만 귀에 들렸다.

카메라 프레임을 통하여 본능적으로 이동하는 길을 보았다. 포수는 자기가 노리는 대상이 숨어 있을 장소를 온몸을 통해 감각적으로 안다. 사냥 대상이 나타날 때를 기다려 대상이 나타나면 순간을 놓치지 않는다. 도로 한쪽의 전깃줄은 삶이 고단한 사람들의 처진 어깨처럼 늘어져 의무감으로 버티고 있는 듯했다. 앞에서 오는 자동차는 보는 사람도 힘들게 기우뚱거렸고, 한쪽 눈도 망가져 있는 것처럼 보였다. 왕복 2차선 도로의 중앙선 표시는 지워진 지 오래였고, 도로 양쪽 끝 가드레일은 아예 설치되어 있지도 않았다. 한 마디로 안전한 삶은 순전히 너의 몫이라고 말하는 듯했다.

　역광이 만들어낸 왕복 도로의 한쪽은 시커멓게 탄 폴란드 사람들의 설움 덩어리였다. 붙어 있는 나머지 한쪽 도로에 빛이 반사되는 곳이 있었다. 아우슈비츠 수용소로 끌려가던 유대인들의 통한의 눈물자국이었다.

　현실은 우리의 눈앞에
　죽은 이의 시체를 내려놓는다.
　현실은 한 발자국도 뒤로 물러나는 법이 없다.

　날카로운 펜끝에서 튀어나온 쉼보르카의 시는 내게 지금 살아가고 있는 이 땅의 문제들을 성찰하게 한다. 우리 민족은 만나고 헤어질 때 똑같은 언어로 말한다. 만나면 "안녕!"이라 하고, 헤어질 때도 "안녕!" 하고 말한다. 우리말처럼 끝과 시작은 맞물려 돌아가며 순환하는 것이다. 그래서 인연은 소중하다.

　『끝과 시작』을 꺼내서 만져 보고 느껴 본다. 어두운 저녁의 끝자락을 물고 오는 것은 서럽도록 시린 외로움의 새벽빛이다. 시작이 모든 것이라면 끝은 아무것도 아니다. 지금까지 내가 떠났던 모든 시간여행의 끝점은 다시 돌아오는 시작점이었다.

4부

행복을 향하여

4차산업혁명과 쉼테크

한승호

-울리히 슈나벨, 『휴식』

"열심히 일한 당신 떠나라!"

한때 여행계에서 유행했던 광고 카피다. OECD 국가 중 가장 근무시간이 많다고 하는 우리나라의 근로자에겐 매우 매력적으로 어필하는 캡션이었다. 2012년 주 5일제 제도 시행이 발표되자 경제계에서는 국가 경쟁력의 약화를 걱정하였고, 특히 수출 기업과 건설 서비스 등 여러 산업계에서는 시기상조라는 우려의 목소리가 높았다. 우리나라는 1960년 대 1인당 국민소득 80불대에서 50년 만에 3만 불의 경제대국으로 성장하게 된 세계 유일의 나라다. 이렇게 급속하게 성장한 동력은 무엇보다 전통적으로 강한 교육열과 쉬지 않고 열심히 그것도 '빨리빨리'라는 국민성에 기인한 것으로 보인다. 이러한 국민적 정서에서 쉼은 곧 경쟁에서 뒤지는 것이고 일을 놓으면 왠지 불안해하는 마음을 떨치기 어려운 상황에 처해진다.

『휴식』은 숨가쁘게 돌아가는 우리에게 휴식이 필요한 이유와 어떻게 해야 생산적인 휴식을 즐길 수 있는지 제시하고 있다. 이 책의 저자는 쉼 없이 일하는 삶에서는 여유와 집중력만 잃는 게 아니라 소중한 인생까지 허비한다고 말하고 있다.

인간은 기계와 달리 쉼의 시간을 필요로 하는 존재다. 하루 일과를 보아도 3분의 1은 잠을 자야 하고, 일주일마다 또는 계절에 따라 주기적인 휴식이 필요하다. 최근 자주 사람들의 입에 오르내리는 워라밸(Work&Life Balance)은 일과 삶의 균형 있는 생활을 의미하는 것으로 워커홀릭에 빠진 사람들에게 절실하게 필요한 키워드다. 하지만 우리는 쉼을 비생산적일 뿐만 아니라 소모성 레저와 등식 관계로 단순하게 시간을 때우는 것으로 이해하는 경우가 많다.

쉼은 단지 휴무나 레저의 개념을 넘어 심신의 휴식과 활력 보강의 기회로 활용되어야 한다. 돈을 효율적으로 관리하기 위한 재테크가 있고, 시간을 효율적으로 활용하기 위해 시테크가 있듯이 쉼의 내용을 풍부하게 하기 위해서는 쉼테크를 생각해야 한다. 단지 남는 시간이 아니라 힐링이 되고 적극적으로 활력을 찾는 재충전의 생산적인 쉼의 본질을 찾는 성찰이 필요하다.

2008년 북경 올림픽이 시작되기 직전 뜨거운 여름날 오후, 나는 환경부 국책 과제 수주를 위한 발표 도중 급체증에 의한 답답함으로 진땀을 흘리고 있었다. 발표를 마치고 회사로 돌아가는 길에 소화제를 찾으려 했지만 도심의 고가도로 위를 달리다 보니 약국은커녕 물 한 병 구하기도 어려웠다. 한참을 달리다 보니 마침 몇 달 전 종합검진을 받았던 병원 부근을 지나가게 되어 차선을 급히 바꾸어 응급실을 찾아 들어갔다.

긴장감 도는 응급실에 들어가니 심박측정, 초음파, X레이 등 검사가 일사분란하게 진행되었다. 이윽고 간호사와 당직의사 그리고 고참으로 보이는 전문의사팀이 바삐 왔다 가더니 내 통증의 원인을 심혈관이 좁아지는 심근경색으로 판단하였다. 나는 즉시 수술실로 이송되었고, 보호자 가족이 도착하기도 전에 신속하게 수술이 진행되었다.

태어나 처음으로 경험해 보는 응급 수술실에서 내 신체가 아닌 금속성 부속물인 스텐트를 삽입하는 시술로 생명의 위험한 고비를 아슬아슬하게 넘겨 생존하게 되었다는 사실을 깨닫게 되었을 때 문득 운명의 신에 대한 감사의 기도를 드렸다. 한편으로는 영화 속에서 보아 왔던 인조인간으로 진화되어 가는 4차산업혁명의 진입단계라는 착각이 들기도 하였다.

심장은 우리의 에너지원인 산소와 영양소를 신체 각부에 공급해 주는 역할을 하는 것으로 일생에 평균 26억 번을 잠시도 쉼 없이 혹독하게 활동을 하는 고마운 보물이다. 그 어떤 것이 주인을 위해 밤낮 가리지 않고 일 년 열두 달 평생 동안 충성하는 존재가 있으랴.

몇 년 후, 일본 후쿠시마의 쓰나미 재앙이 터지기 직전인 2011년 정월 정기 건강검진을 하는 도중 왼쪽 신장 주변에서 미상의 혹이 발견되었다는 진찰결과가 날아왔다. 몇 년 전 심장수술을 했던 기억이 다시 새록새록 떠올랐다. 응급 상황은 아닐지라도 수술 일정을 예약하고 또다시 수술대에 오르게 되었다. 살아오는 동안 남의 일로만 생각되었던 죽음의 암세포가 내 몸에 숨어 있었다는 두려움에 분노감과 허탈감까지 들었고 순간 지나간 삶에 대한 아쉬움과 생에 대한 겸허함이 중첩되어 가슴을 짓눌렀다.

드디어 예약된 일정에 따라 수술실로 향하는 날, 언제나 정월달은 춥기 마련이지만 그날은 유난히도 차가웠고 수술실 또한 냉랭하고 무거웠다. 수술이 진행되는 동안 나는 전신 마취상태로 정신없이 한 번도 가보지 못했던 하늘의 여러 나라를 유랑하고 있었고, 오전에 시작된 수술은 오후 늦게까지 진행되었다. 그러는 동안 대기실의 아내는 안내 모니터에 수술완료 예정 시간을 한참 지나가도 수술 완료의 자막이 나타나지 않자 애를 태웠다. 지난 심혈관 수술 때에도 그랬지만 건강상의 문제로 가족에게 또다시 걱정을 끼치게 되어 저으기 미안한 마음이 들었다. 역시 건강은 건강할 때 지키고 가족과 주변에게 잘 대해주어야 한다는 평범한 진리가 새삼 크게 느껴졌다.

마취가 풀리고 회복실에 누워 천장을 바라보니 만감이 교차되었다. 왼쪽 하복부에는 문신이 아닌 수술자국으로 기다란 지퍼가 그려져 있었다. 내 몸의 일부로 평생 노폐물을 걸러주고 혈압 유지와 호르몬 생산으로 함께 고생해 온 신장의 한쪽인 팥이 나에게서 이미 이별을 고하고 저세상으로 떠나가 버린 뒤였다. 콩만 외롭게 남겨둔 채……

실감나지 않는 일이지만 60년이라는 세월의 계단 앞에서 돌이켜보니 앞만 보고 숨차게 달려온 고달픈 인생살이지만 그래도 오늘까지 큰 무리없이 살아왔다는 사실에 무엇보다 감사했다. 더구나 우리 부모 세대를 생각해 보면, 이즈음의 나이에서는 대체로 일을 정리하고 뒷선에서 마무리할 때인 것이다.

두 차례의 건강에 큰 시련을 겪고 보니 삶에 대한 애착이 더 강해졌다. 그동안 살아 왔던 방식에 대한 사고에 변화가 시작되고 있었다. 무엇보다 건강을 최우선으로 관리해야겠다는 마음이 생겼다. 아직도 하고픈 사업적인 업무가 많이 남아 있지만 해오던 일을 차츰 내려놓고 쉼과 여유로운 즐거움 그리고 조금이라도 가치 있는 일과 주변 이웃을 풍요롭게 만들어 줄 수 있는 일을 찾아보아야겠다는 생각이 크게 다가오고 있었다.

우리는 건강을 유지하기 위해서 무리하게 가동한 몸과 마음에 쉼과 휴식을 주어야 한다. 기업이란 단어를 보면 'Busy+Ness'로 기본적으로 바쁘게 움직여야 하는 활동 주체이다. 그러나 쉼이란 라틴어로 'Quies', 즉 영어 'Quiet'의 어근이 되는 조용한 안식을 의미하는 것으로 일렁이던 호수도 바람이 멎어야 파문이 그치고 고요해져 달그림자와 별빛의 여유로움을 만끽할 수 있다. 한자로 '休(人+木)'는 나무 그늘 아래에서 쉬는 것을 의미하고 있다. 우리가 중학교 음악시간에 들어본 헨델의 라르고라고 하는 '옴브라 마이푸(Ombra mai fu)'는 페르시아의 왕 크세르크세스가 "무성한 나무 그늘이여 내 마음이 쉬는 곳"이라고 쉼을 찬양하는 노래다.

쉼의 인문학은 일로부터의 자유라는 생각으로 쉼테크에 귀결된다. 이러한 쉼테크를 생각할 때 바른 쉼이란 단지 아무것도 하지 않는 것이 아니라 마음에 활력을 주는 업무적 일이 아닌 즐거움의 활동과 가치 있는 삶을 의미하게 된다. 즐거움을 주는 취미생활을 하기 위해서도 그 분야에 대한 최소한의 지식 습득이 필요하다. 미식축구 관람을 즐기기 위해서도 게임규칙을 알아야 하고, 오페라를 즐기기 위해서도 최소한 스토리를 익혀야 작가의 의도를 공감하며 아리아의 멜로디를 감상하면 즐거움이 배가 된다.

2013년 양재천변에 벚꽃이 만발할 즈음 도곡동 회사 건물 지하에 쉼테크를 위한 조그마한 문예공간을 마련하였다. '건강(Health)한 문화(Culture)와 예술(Art)을 통해 여유로운 즐거움(Leisure)을 찾는다'는 뜻으로 'Space LACH(樂)'이라고 이름하였고, 오페라 강의, 영화 해설, 사진아카데미, 성악 레슨, 글쓰기 그리고 합창단 운영과 건강을 위한 기운동 등 나름대로의 쉼테크를 실현하기 위한 여러 프로그램을 진행하게 되었다.

인생을 30년 단위 3막으로 나누어 볼 때 이제 마지막 무대가 올려졌다. 메츠 야구 감독 요기 베라는 "끝날 때까지 끝난 것이 아니다"라는 긍정 마인드를 선수들에게 심어주었고, 골프도 마지막 순간 장갑 벗을 때까지 가봐야 한다는 말이 있듯이 우리의 삶 또한 최후의 승리자가 진정한 승리자라 할 수 있을 것이다.

즐겁지는 않지만 전문적인 일꾼이 될 것인가 아니면 전문적이지는 못하지만 즐거워하는 놀이꾼이 될 것인가. 네덜란드의 역사학자 요한 하위징아는 『호모 루덴스』에서 인간의 본원적 특성은 사유나 노동이 아니라 놀이라고 주장하고 있다.

이제부터는 무엇을 하든 마음을 채워 줄 수 있는 것들과 우리의 혈관에서 사랑의 페닐에틸아민을 솟구치게 하여 심근경색이라는 말을 무색하도록 만드는 즐거운 일로 경쾌하게 달려나가 보자. 맹자의 어머니가 교육을 위해 세 번 이사했듯, 행복해지고 싶으면 행복한 일을 하는 사람들 옆으로 가야 한다. 모든 성공도 어떤 사랑도 자신의 행복도 준비하고 즐기며 노력하는 자만이 향유할 자격을 갖게 될 것이다.

어느덧 4차산업혁명에 관한 지식과 역사 인문적 사고의 갈증을 해소해 준 KCAMP 15기 무대의 아쉬운 조명이 스러져 간다. 이제 그동안 함께 했던 나가사키 여행과 방과 후 3교시의 추억을 깊이 간직한 채 우리 원우들의 마음 마당에 행복한 쉼과 즐거움의 꽃씨를 뿌려 본다. 봄의 왈츠가 들리는 춘삼월의 냇물소리와 새싹이 수줍게 기다려진다.

그래, 좋아. 도곡 캠퍼스여, 작별을 고하고 건강하여라!

까미노데산티아고

정광천

-파울로 코엘료, 『순례자』

이른 아침 인천공항이다. 나는 나의 검을 찾고자 이 자리에 섰다. 이런 저런 이유로 몇몇의 여행자들이 모인다. 서로 간단한 목례 후 티켓과 안내서를 받고 다시 흩어지는 모습들 속에서 스스로 순례자임을 욕심내는 나를 본다. 검색대를 지나 출국 수속을 마치고 게이트로 향한다. 잠시 후 나를 태운 비행기는 스스로 순례라고 고집하는 '산티아고를 향한 여정'을 이끌었다.

산티아고 순례길은 예수의 12제자 중 한 명인 사도 야고보의 유해가 발견된 이베리아 반도 스페인 북부의 산티아고에 있는 데콤포스텔라(별들의 들판) 성당에 이르는 길이다. 유럽의 여러 지역에서 산티아고로 가는 길 가운데 가장 알려져 있는 '프랑스길'은 프랑스 남부 국경 생장피에드

포르(Saint-Jean-Pied-de-Port)에서 시작해서 피레네 산맥을 넘어 콤포스텔라까지 이르는 800km의 여정이다. 하루 20~30km씩 한 달을 꼬박 걸어야 하는 쉽지 않은 길을 매년 수십만 명의 사람들이 걷는다. 걷는 이들은 '순례자'라는 이름으로 불리며 '크레덴셜'이란 순례자 여권과 가리비 껍데기를 상징으로 받고 수도원 등의 '알베르게'라는 숙소를 이용하게 된다.

누군가가 말했다. 세상에는 히말라야를 다녀온 사람들과 그렇지 않은 사람들로 구분된다고. 산티아고 순례길도 그리 비유될지 모르겠다. 회사는 5년마다 연차 외의 특별휴가를 주는 제도가 있다. 쉼과 일을 위해 자신의 리프레시를 위한 일환이다. 이를 통해 장기여행 또는 휴식이 가능하다. 덕분에 나 역시 안나푸르나 베이스캠프(ABC) 트래킹이나 산티아고 순례길에 참여할 수 있었다. 왜 가느냐는 질문도 받는다. 가슴이 시켰다고나 할까. 가슴이 시키는 데에 이유 같은 건 없을 듯하다. 시간과 일상에 지치기도 했겠고 사람들과의 만남에서 덧없음을 느끼기도 했으리라. 그럼에도 습관적으로 바라본 것들, 익숙한 것들, 무관심한 것들로부터 벗어나 서 있는 자리에서 '나'를 바라다보고 싶은 마음이 앞섰다. 내 껍데기에 갇혀 있었던 나, 그리고 실망과 패배를 두려워했던 나를 마주보고 싶었던 용기도 있었다. 사랑하는 신과의 달콤한 시간은 당연한 예정이었고.

까미노데산티아고(산티아고 순례길)에는 많은 만남과 특별한 인연들이 기다리고 있었다. 우연히 함께 동행했던 이들, 순간순간 스쳤던 이들, 그리고 서로 다른 시간 속을 걸으며 순례길 어디선가 보기를 기대했던 서울의 약속을 지켜낸 이도 있었다. 자신의 건강 악화, 배우자의 병환, 사업의 어려움, 아내와의 불화와 이별, 혼자만의 시간, 커플의 사랑 여행, 자신과의 화해, 신과의 대화, 나이듦의 상실감, 새로운 사업구상, 은퇴 후 여유 있는 삶, 즐거운 트래킹 여행, 효과적인 다이어트……. 순례길을 나서는 사람들의 이유와 목적은 다양했지만 까미노에서 만난 이들은 스스로를 사랑하고 함께 살아가는 세상에 대해 손님이 아닌 주인의 모습이었다. 나는 그들 속에서 내가 찾고 있는 걸 발견해야 했다. 나만을 바라보면서 내가 사랑하는 신의 시선으로 세상과 대화하는 과정을 배우고 있었다.

길 위의 작은 성당에서 세 사람만이 참여했던 미사 후 암투병중인 아내를 위해 기도를 부탁하던 캐나다에서 오신 신사분, 매년 3구간씩만 행복하게 걷는다며 시종 노래하고 춤추던 바르셀로나에서 온 10명의 여성분들, 현지에서 만난 스페인 청년과 사랑에 빠졌다며 의견을 요청하던 한국의 아가씨, 은퇴 후 지금보다 절반 이하의 속도로 꼭 다시 걸어보라고 강하게 요구하던 미국의 할머니, 손을 꼭 잡고 다니시던 노부부, 늙은 아버지를 모시고 즐겁게 걷던 덴마크의 장년 아들, 볼 때마다 내게 볼 키스로 유쾌하게 인사하던 아일랜드의 아주머니, 안식년을 이용해 순례길에 오른 신부님이 아니냐며 극구 부인하는 나를 채근하던 천주교

교우 부부 등 다양한 사람들의 살아 숨쉬는 모습들을 함께 하면서 나는 길 위의 선택된 사람이었다. 조금씩 지금 여기서 무엇을 하고 있는가를 묻는 대신 가슴 뛰는 무언가를 실행하기로 결단을 내리는 사람이 되어 가고 있었다. 한 달 전에 먼저 출발한 후배를 레온 광장에서 보게 된 것도 서울에서의 약속을 순례길 어디선가 실천할 수 있었던 것도 내게는 예상하지 못한 미래였고 또 하나의 작은 기적이었다.

12시를 기다리며 산티아고의 데콤포스텔라 성당 앞에 섰다. 순례자를 위한 정오 미사에 참여하기 위한 긴 행렬이 결코 부담스럽지 않다. 머지 않아 이 많은 사람들은 남김없이 성당 안으로 들어갈 것이고, 자리에 관계없이 미사 중에 대향로의 향연을 덤으로 선물 받을 것이다. 나는 그들 가운데에서 순례자의 신분으로 기쁨과 감사의 기도를 드린다. 나의 검이 주는 행복으로 나는 무엇을 할 것인지 느끼며 확신한다. 그저 검을 찾기만을 바라지 않으며 무엇을 할 것인지를 알고 그 꿈을 이루기 위해 나의 검으로 나만의 영예로운 도전에 나서리라.

CEO의 인생서재

인생 2막의 출발점에서

김미순

-장명숙, 『햇빛은 찬란하고 인생은 귀하니까요』

아침 출근길 지하철 안의 모습은 한결같다. 누구나 스마트폰이 손에 들려 있고, 빨려들 듯 화면들을 보고 있는 풍경. 나 또한 그렇게 지하철 스마트폰을 통해 유튜브를 검색하다 팝업에 뜬 밀라논나를 접하게 되었다.

몇 개의 동영상을 통하여 은발에 유난히도 웃음이 예쁜 밀라논나에 대한 궁금증은 손가락을 열심히 움직이게 했고, 그 결과 한국인 최초 밀라노 패션 유학생에서 전 세계 젊은이들의 롤모델이라는 것을 알게 되었다. 본명보다는 부케가 더 잘 어울리는, 24시간을 누구보다도 지혜롭게, 나이답게 맞이하고 있는 밀라논나.

최근 신문기사를 통하여 밀라논나 '장명숙'의 『햇빛은 찬란하고 인생은 귀하니까요』라는 책이 출판된 알게 되어 책을 보는 서너 시간이 시간이 멈춘 듯 머릿속이 확 정리되는 묘한 느낌을 받았다. 저자는 10대에는 꿈을 꾸고, 20대에는 도전을 멈추지 않았으며, 30대에는 부단히 전력투구 했고, 40대 약자의 삶에 더 다가가고, 50대 자유로워졌다. 60대 인생 계획에 없던 유튜버가 되었고, 70대 매일이 설레는 시간은 보내고 있다. 살아 있는 한, 움직이는 한, 누구나 다 현역이고 자기 인생의 주인공이라 말하고 있다.

내가 선택할 수 없는 것들에 신경 쓰며 고통 받지 않고, 불평하시 않을 것, 기성세대는 인생을 숙제 풀 듯 살았지만 요즘 세대는 축제처럼 살게 해 주자. 내 마음 속의 감옥에 갇힌 나를 누군가 꺼내 줄 수 있는 게 아니라 내가 스스로 감옥에서 나와야 한다는 사실, 걸림돌을 디딤돌로 징징거리지 않고 앞으로 전진, 어차피 인생은 후진도 반복도 못하는 일회성 전진만 있지 않은가.

'하루'라는 24시간은 전 세계 모든 사람에게 공평하게 주어진 시간이다. '적선지가(積善之家) 필유여경(必有餘慶)'은 선을 많이 쌓은 집에는 반드시 경사가 생긴다는 말이다. 젊었을 때 그토록 갈망하던 24시간을 온전히 즐기는 그녀는 진정한 삶의 주인공이다. 누가 노년을 여생이라 부르며 무료한 이미지로 떠올리게 했을까. 소파에 누워 기운 없이 리모컨만 돌리는 삶이 아닌 마음만 먹으면 무엇이든 할 수 있는, 심신이 건강하기만 하다면 인생의 가장 찬란한 때가 바로 노년 아닌가. 원한다면 가만히 앉아 하루 종일 햇살도 볼 수 있으니 눈부시지 않은가. 인생이라는 좌판

CEO의 인생서재

을 펼치다가 뉘엿뉘엿 노을이 지면 좌판을 정리하며 석양 속으로 사라져 가는 떠돌이 장돌뱅이의 삶이라고 하는 밀라논나. 떠나야 할 그때가 언제인지는 정작 본인도 모르니 관리할 수 있을 만큼만 잘 꾸려 가다가 훗날 세상을 하직하고 싶다는 한 귀절 한 귀절이 어록이다. 참으로 오랜만에 참어른을 만난 것 같은 기쁨과 함께 퇴직 후에는 어떻게 살까 하고 막연하게만 생각했던 나의 인생에 밑그림이 되어준 소중한 책이다.

흔히들 퇴직 이후의 삶을 인생 2막, 노년이라고 한다. 나이가 들어도 마음은 청춘이라는 말을 어렸을 때는 저렇게 나이가 많은데 웬 청춘이야 하고 생각했던 그 나이가 되어 보니 삶이란 찰나 같다. 20대엔 20km, 50대엔 50km로 시간이 흐른다고만 생각해서 마음이 조급해지곤 했는데 반대의 길이 있다는 확신을 갖게 되니 마음이 충만해지고 여유가 생긴다.

인생 1막이 계속하여 오르막으로 시작되는 등산객처럼 배낭에 봇짐을 지고 어디로 가는지 왜 가야 하는지도 모르고 그저 빨리 가야 하는 줄로만 알았다. 계절마다 자연은 다른 치장을 하고 있었건만 오로지 앞만 보고 올라 너무 숨이 가빠도 쉴 수도 없었던 등산로를 그렇게 걷고 또 걸어 도착한 정상에서 시원한 바람도 경치도 제대로 구경도 못했다.

지금 와서 한 번도 가본 적이 없는 다른 길을 가야 한다는 인생 2막. 생각지도 못했고, 가보지도 못해 막연히 두렵기까지 한 새로운 출발점에 서서 보니 그 많은 시간은 또 어떻게 보내야 할까 고민이 끝나기도 전에 도착해 버린 것 같아 혼자 외롭기 그지없던 그 길을 등산이 아닌 소풍을 떠나 볼까 한다.

반평생을 살면서도 내가 진정으로 원하는 일이 좋아하는 것이 무엇인지 주변 도움의 손길이 필요한 곳은 없는지에도 관심 없이 살아 왔던 시간들을 뒤로하고 싶다. 이제부터라도 내 몸과 마음이 무엇을 원하는지 느끼고 들여다보려 한다. 그동안 직장의 울타리 안에서 보호 받으며 지내왔으니 되돌려 주는 기쁨을 맛보고 싶다. 숨은 재능 찾기, 몸으로 봉사할 수 있는 일, 재능기부 등 평균 수명 100세를 살아내야 한다면 앞으로 남은 50년이라는 긴 시간을 긴 호흡으로 차분히 준비하고 싶다.

훗날 은발이 어울리는 할머니가 되었을 때 인자한 미소와 따뜻한 온기를 가지고 평온함을 유지하면서 세상을 예쁘고 여유 있는 눈으로 바라볼 수 있도록 나를 내려놓고 싶다. 소풍이 끝나더라도 즐거운 한평생 잘 살았다며 배꼽인사 하고 빠이빠이 할 수 있도록 살아가고 싶다.

CEO의 인생서재

노인에게 배운 행복

서보익

-어니스트 헤밍웨이, 『노인과 바다』

2021년 현재 시행 중인 헌법은 제10조에서 인간의 존엄성과 함께 행복추구권을 명시하고 있다. 그렇다. 누구나 행복을 추구할 권리가 있다. 행복이 무엇인지는 시대별, 문화별, 개인별로 다르고, 자신이 추구할 행복이 무엇인지는 각자에게 맡겨져 있다. 어느 100세 철학자는 "행복하기 위해 사는 게 아니라 살아가다 보면 행복합니다"라고 말했다. 울림 있는 말씀이다. 주어진 상황에서 행복을 느끼는 것도 중요하고 행복을 만드는 과정도 중요하다는 생각이 든다.

프랑스의 정신과 의사이자 작가인 프랑수아 를로르는 『꾸뻬 씨의 행복 여행』에서 주인공을 통하여 자신을 포함해서 "불행하지도 않으면서 불행한 사람들"을 보고 '행복이란 무엇인가'를 연구하기 위해 여행하며 생각한 점들을 나열하고 자신의 생각을 정리했다. 행복이란 주제만큼 다양한 생각들이 있나 싶을 정도다. 그래서 좋은 가이드라인에 따라 자신만의 구체적인 행복을 정의하며 이를 추구하는 것은 개인의 자유이고 그의 몫이리라.

페이스북에서도 행복을 추구하면서 올리는 무수한 글들이 올라온다. 내가 미처 생각하지 못한 구체적인 행복, 내가 잊고 있었던 구체적인 행복을 알려준다. 고마운 일이다. 좋은 책을 읽으면 나는 상상에 빠진다. 그 중 헤밍웨이의 『노인과 바다』는 즐겨 있는 책이다. 노인은 고난과 역경에 맞서는 인물이자 부드럽고 따뜻한 심성의 인물이다. 내가 읽은 번역본의 해설은 "인간 존엄에 대한 감동적 서사"라고 제목을 달았다. 많은 이들이 실존주의라 평하기도 한다. 헤밍웨이는 '다녀왔다'는 전통적인 스토리에 간결하고 절제된 문체로써 지루할 틈 없이 작은 사건들을 채워 넣으면서 마치 독자가 노인과 함께 있는 듯한 느낌을 준다. 노인에게서 행복을 배운다. 일상의 행복을 느끼고, 특별한 사건에서 최선을 다하고 만족하는 행복을 배운다.

노인은 비록 84일 동안 고기를 한 마리도 못 잡아 운이 다한 사람이라는 의미로 '살라오'로 불렸다. 그의 오두막에는 침대와 식탁, 의자가 있고 예수성심상 채색화와 코브레의 성모상 채색화, 외로워서 떼어내어 방구석 선반 위에 올려진 아내의 사진이 있을 뿐이다. 그러나 그에게는 다정한 마을 사람들과 사랑하는 소년 마놀린이 있고, 두 눈은 여전히 생기와 불굴의 의지로 빛나고 있다. 그 자체로 노인은 행복하다. 노인은 아프리카 이야기와 양키스의 디마지오 이야기를 소년과 함께 나누는 것을 즐긴다. 사랑하는 사람과 대화하는 노인은 행복하다. 노인은 "평소에도 진짜 큰 물고기를 잡을 만큼 아직도 힘이 충분하시냐?"는 소년의 물음에 긍정하고, "할아버진 최고의 어부"라며 존경하는 소년에게 자신의 다음 출항을 긍정한다. 자신을 긍정하는 노인은 행복하다.

마을 사람들과 소년이 전날 챙겨준 음식을 먹고 당일 소년이 챙겨준 커피를 마시고 새벽 일찍 혼자 출항하는 노인은 행복하다. 뜨거운 햇볕 아래 망망대해와 군함새, 날치 떼를 쫓는 만새기 떼, 플랑크톤으로 가득 찬 검푸른빛과 자줏빛의 바다, 무지갯빛 비눗방울 같은 아름다운 해파리, 사방팔방으로 뛰어오르는 다랑어들. 자연의 아름다움이 눈에 들어오는 노인은 행복하다.

정오 무렵 다랑어 떼를 놓쳤나 하는 바로 그때 백길 아래 물 속에서 커다란 청새치 한 마리가 미끼를 물었다. 행운이 뜻밖에 찾아온 노인은 행복하다. 한치도 끌어올릴 수 없는 무게의 청새치는 작은 돛단배와 노인을 아바나의 불빛이 안 보이는 먼 바다로 끌고 갔다. 뜻하지도 않은 모험에 나선 노인은 행복하다. 방금 잡은 고기에 찍어먹을 소금과 날치를 끌어들일 불빛, 칼을 갈 숫돌을 준비하지 못하여 아쉽다. "지금은 있지도 않은 걸 생각할 때가 아니라고. 있는 것으로 무얼 할 수 있을지 생각해야 해"라며 자신과 진솔한 대화를 하는 노인은 행복하다. 생각이 이러저리 흘러도 그때마다 "한순간도 물고기를 잊어서 안 돼"라며 집중하는 노인은 행복하다. 소년을 그리워하기도 하고, 돌고래를 보며 위안하고, 청새치 한 쌍을 추억하고, 사투하고 있는 청새치와 대화하며 연민하고, 배의 고물에 앉은 새와 대화하는 노인은 행복하다.

노인이 자랑하는 오른손은 피범벅이 되고, 왼손도 마찬가지며 등을 짓누르는 낚싯줄로 고통스러웠다. 그러나 "다가오는 고통을 있는 그대로 받아들이며 패배하지 않는" 노인은 행복하다. 언제나 매번 새로 처음 하는 일이고, 그 일을 하고 있는 순간에는 과거를 결코 생각하지 않는 노인은 행복하다. 거의 이틀 동안 잠을 못 잤지만 아직 정신이 맑은 자신에게 이젠 휴식을 권하며, 길게 뻗쳐 있는 엄청난 돌고래 떼의 꿈, 자기 집 침대에 누워 자는 꿈, 그리고 황금빛 해변으로 내려오는 사자의 꿈을 꾼 노인은 행복하다.

셋째 날 점점 더 희미해진 정신을 붙들고 마침내 작살로 청새치의 심장을 찌른 노인은 행복하다. 돌아가는 중에 청상아리, 갈라노 상어, 삽날코 상어, 또 갈라노 상어, 상어 떼들에게 청새치가 먹혔다. "배는 이제 가벼워 빨라졌고, 노인은 아무런 생각, 또 그 어떤 느낌도 없었다. 그는 이제 모든 것을 초월해 있었다. 노인은 이제 상어는 조금도 신경 쓰지 않았다." 자신의 두 번째 최선을 다한 노인은 행복하다.

밤사이 다행히 오두막으로 돌아와 자신의 침대에서 피투성이가 된 양팔을 쭉 뻗어 내밀고 잠이 든 노인은 행복하다. 코와 꼬리까지 5.5미터인

CEO의 인생서재

청새치는 앙상한 뼈대만 남기고 배에 붙어 있었다. 그를 위하여 울어준 소년이 옆에 있어 노인은 행복하다. 마을 테라스의 주인은 소년에게 "내가 마음 아파하더라고 전해주렴"이라는 말과 함께 음식을 건넸다. 마음을 전하는 테라스 주인이 있어 노인은 행복하다. 소년은 노인에게 "이젠 함께 나가자, 운이라면 자신이 가져 간다"고 말했다. 걱정을 해주고 함께하길 원하는 소년이 있어 노인은 행복하다. 노인은 오두막에서 소년이 옆에 앉아 지켜보는 중에 엎드려 잠을 잔다. 다시 사자 꿈을 꾼 노인은 행복하다.

이 모든 행복을 누리는 노인을 바라보는 내가 기쁘고 행복하다. 노인은 내게 속삭인다. "좀 더 유쾌한 일을 생각하라구", "아니야 방법은 있어". 나는 특정한 꿈을 반복해서 꾸지는 않는다. 꿈꾸는 이는 행복하다. 이왕이면 평화로운 꿈을 꾸고 싶다. 어떤 꿈을 꿀까?

사람들에게 내 업무가 도움이 되어서 나는 행복하다. 규칙적으로 운동하러 갈 수 있는 여건이 되어 나는 행복하다. 문학을 접한 나는 행복하다. 자주 여기저기에서 안부를 물어주어 나는 행복하다. 자주 여기저기 안부를 물어보는 나는 행복하다. 나와 다른 생각을 가진 사람과 대화하는 나는 행복하다. 더 나열하려니 끝이 없는 나는 행복하다.

나와의 약속

최득호

-고다마 미쓰오, 『아주 작은 목표의 힘』

선비와 만두, 그리고 나는 앞 뒤 옆으로 자리를 앉은 삼총사였는데, 선비가 개학 이틀을 앞두고 동네 앞 예약골 저수지에서 멱을 감다가 익사했다. 개학 첫날 뒤숭숭한 소식에 놀란 가슴을 식히기도 전에 막 교실 문을 들어서며 뱉는 만두의 목소리엔 진한 경멸과 강한 비난이 맺혀 있었다.

"야! 너 선비한테 갔었냐?"

"아니, 아직 못 갔어."

"그럼 안 되지, 임마! 다른 사람은 몰라도 넌 꼭 갔어야지."

"나는 오늘 처음 들었어. 꼭 갈게. 넌 갔다 왔어?"

"난 어제 갔다 왔지. 너는 꼭 올 줄 알았는데 안 보이데. 이 새꺄!"

방학이 시작되기 전날 우리 삼총사는 방학 동안 떨어져 지내야 한다는 아쉬움에 학교 앞 빵집에서 모여 앉아 방학 때 집집마다 돌아가며 놀러 가 보자는 얘기로 이별의 눈물 젖은 찐빵을 나누어 먹었는데, 주머니에 용돈이 없었던 나는 방학기간 중에 만나면 주든지 개학하면 갚겠다며 선비에게 백 원을 꾸어 내 몫의 돈을 냈다.

방학이 시작되자마자 나는 고향집으로 돌아와 지냈고, 사정이 여의치 않아 돌아가며 방문해 놀자던 약속을 어기게 되었다. 서로 두어 번 정도 안부 편지를 주고받고 방학이 거의 끝나가서 연락을 못하고 지냈는데 개학 첫날 학교에서 선비가 물놀이 사고를 당했다는 소식을 접하게 되었다. 만두는 빌린 돈도 갚지 않고 장례식에도 참석하지 않은 나에게 화가 나서 네가 친구 맞냐며 비난의 마음을 표출한 것이다. 선비는 학교가 있던 읍내에서 30리 떨어진 면에서 자전거로 통학했고, 사고 후 하루 만에 치러진 장례였기에 전화도 없던 시절이라 연락 닿은 같은 동네와 근처 옆동네 사는 몇몇 반 친구들만 산소에 다녀왔다. 나도 소식을 들었으면 당연히 자전거라도 타고 내달려 갔을 테지만 이미 지난 일이 되어 버렸다.

"이번 일요일에는 꼭 가서 돈 놓고 미안하단 말과 함께 작별인사 하고 와라."

"그래야지……."

그렇지만 나는 일요일마다 수박, 참외밭 원두막을 지키라는 외숙의 부탁을 따르느라 늦여름을 흘려보냈고, 차일피일 미루다가 끝내 그 약속을 지키지 못했고, 환갑, 진갑을 지낸 아직까지도 그 백 원을 갚지 못하고 있다.

그럭저럭 시간이 흘러 학년이 바뀌고는 있었지만 마음 한구석에 남아 있는 미안함과 죄책감, 약속을 지키지 못한 스스로에 대한 실망감은 폐부 깊숙이 파고들었고, 밤이면 뒤숭숭한 꿈자리로 식은땀을 흘리고 자다가 벌떡 깨는 바람에 잠을 설치곤 했다. 그래서 속으로 혼자 되뇌이고 손가락 걸고 침을 바르며 나 스스로와 약속을 했다.

'이제부터 나에게 약속은 생명처럼 여기자. 무슨 일이 있더라도 약속은 지켜야 한다. 지키지 못할 약속은 절대 하지 말자. 판단이 되지 않으면 가슴에 손을 얹고 양심에 위배되지 않는지 스스로에게 물어보자. 이것은 내가 평생 동안 지켜야 할 나 자신과의 약속이다.'

다짐하고 또 다짐했다. 그 이후 백발이 성성한 지금까지 나 자신과의 약속은 최대한 지키려고 노력해서 거의 습관화 되었다. 1일 1권 읽기나 매일 빠짐없이 스트레칭 하기, 기상시계 알람 쓰지 않기, 늦어도 오전 6시 30분 전에 일어나기 등 소소한 약속이지만 좋은 습관은 좋은 결과를 낳았다.

『아주 작은 목표의 힘』의 저자 고다마 미쓰오도 어떤 일에 대해 습관을 들이고자 할 때 가장 중요한 태도 중의 하나는 완벽주의를 경계하는 것이라고 했다. 나는 너무 완벽주의에 치중되는 것을 조금은 양보하고

CEO의 인생서재

조절하지만 나와의 약속을 깨고 결심이나 습관을 무너뜨리는 행동이나 심지를 허트리지는 않는다. 저자의 말대로 어떤 일에 습관을 붙이게 되면 결심 같은 것이 필요 없을 것이다. 오히려 그 일을 하지 않으면 이상한 느낌이 들 것이니 말이다.

좋은 습관을 형성하거나 나쁜 습관을 버리는 것이 힘든 이유는 인류가 오랫동안 되풀이한 행동방식 때문이다. 1일 1권 읽기는 수십 수년을 잘 버텨오고 있고, 다른 소소한 목표도 대체적으로 잘 지켜내고 있다. "성공은 하루아침에 이루어지지 않는다"는 말이 있는데 이 말을 바꿔 말하면 "성공은 하루하루가 모여 이루어진다"가 된다.

해야 할 일을 과감하게 실행해 가면 습관은 반드시 몸에 밴다. 하루하루 발생하는 돌발상황에 유연하게 대처하면서 눈앞의 일에 최선을 다하는 것이야말로 고다마 미쓰오가 궁극적으로 하고 싶었던 말이 아닐까.

내가 다독을 하게 된 이유는 단지 고딩 때 스스로 한 1일 1권 읽기 약속을 지켜나가기 위한 자신과의 싸움의 연장선일 뿐이다. 물론 많이 읽으면 지식도 확장되고 사고도 깊어지며 없던 지혜도 생기겠지만, 나의 책 읽기 목적은 그저 모든 것을 뒤로하고 오로지 나 자신과의 약속을 지키기 위한 독서의 습관화에 초점이 맞춰져 있다.

월말이면 그 달에 읽었던 책을 박스에 담아 두었다가 고향 가는 길에 책 창고로 옮긴다. 책을 읽을 때에는 재미가 없고 지루해서 꾸벅꾸벅 졸면서도 눈은 글자를 훔친다. 그럴 경우 내용이 기억에 남거나 지식이 습득되지도 않을 뿐더러 지나고 나면 책 제목과 저자도 가물가물 아리송할 때가 많다. 그러면서도 앞표지부터 뒤표지까지 페이지 순서대로 차곡차곡 빠짐없이 보고 덮는다. 그러나 결국 남는 건 아무 것도 없을 때가 더 많다. 그래도 읽고 또 읽고, 보고 또 본다. 나와의 약속을 지켜내기 위해 몸에 붙인 습관 탓이다.

월급의 5퍼센트만큼은 책 구입에 쓰고 독서를 해야겠다는 새로운 목표를 세우고 39년째 실천해 오고 있지만, 말이 좋아 하루 한 권이지 오랜 습관과 노력에도 불구하고 월 30권을 넘긴 적은 코로나19 덕에 몇 번 손에 꼽을 정도이고, 사실 년 365권 이상을 돌파한 적은 기억에 거의 없다.

벽돌 책으로 불리는 두꺼운 책을 만나면 나와의 약속을 지키는 일이 어렵다. 졸다가 깨다가 자세를 다잡아 고쳐 앉아 보지만 맥 풀린 손에서 투둑 하고 떨어지는 책은 어쩔 수 없다.

책을 많이 읽는 게 과연 자랑거리인가? 자신을 돌아보는 계기가 되기도 하지만 보여주기식 허영심은 아닌가? 요즘은 사람들이 독서를 잘 하지 않는다는 얘기를 심심찮게 언론을 통해 접한다. 대학생의 독서량이 년간 채 열 권을 넘지 않는다는 보도를 본 적도 있다. 독서하는 사람이 줄어들다 보니 이제 많은 책을 읽는다는 것이 자랑거리로 칭찬받는 시절이 되었다. 꾸벅꾸벅 졸면서 읽을지라도 나는 아직까지 책 읽기에 권태감을 느낀 적이 없기 때문에 권태기를 겪은 적도 없다. 그렇다고 벽돌 책을 피하고 얇은 페이지의 책을 일부러 골라 읽은 적도 거의 없다. 그저 책이 손에 잡히면 가리지 않고 읽는 스타일이다. 그 책이 좋은지 나쁜지는 그 다음으로 제쳐 두고.

"결아, 요앞 슈퍼에 가서 과일 박스 하나 구해 오너라."

오늘이 6월 말일이니 이 달에 읽은 책을 박스에 담아야지. 고향 책 창고에는 또 23권의 책이 더 쌓이겠지. 졸면서 봤든 초롱초롱 눈뜨고 읽었든 한 번 본 책은 창고행이니 나는 오늘 읽고도 뭘 읽었는지 보고도 뭘 봤는시 아리송한 책을 박스에 담는다.

그래도 음악은 흐른다

정민채

-김주영, 『쇼팽』

"그대 곁에 언제나 KBS클래식 FM!"

시그널이 흐른다. 내 차의 주파수는 거의 93.1에 고정되어 있다. 오전 10시30분, 약속을 지키려고 김포로 가는 길에 때마침 "쇼팽 발라드1번 G단조"가 나오는 게 아닌가!

쇼팽 음악은 마약이다. 이 곡을 들으면 영화 〈피아니스트〉가 자연스레 클로즈업 된다. 유대계 폴란드인 피아니스트 스필만의 실화에 기반한 이 영화는 2차대전 중 나치의 유대인 차별과 학살이 한창일 때를 배경으로 인간의 극한이 고스란히 드러난다. 연합군이 폴란드를 구해줄 것으로 믿었던 스필만 가족에게 전쟁은 모든 것을 바꿔 놓았고, 당연했던 일상의 평범한 삶은 온갖 제약으로 길이 막히고, 권리는 박탈되어 결국에는 감자를 살 돈마저 부족해 스필만의 벡스타인 피아노까지 팔 수밖에 없는 벼랑으로 내몰린다.

"유대인은 지정하는 곳으로 이주하라"는 명을 받고 정착촌에 도착한 스필만 가족은 그때부터는 더 잔혹한 차별과 학대에 사투를 벌이다 보니 몰골이 되어 가고, 눈앞에서 총살로 죽어가는 사람들을 목도하며 두려움과 공포가 온몸을 휘감고 간다.

다행히 연합군의 반격이 스필만의 희망처럼 저 멀리서 조금씩 다가오며 폴란드 바르샤바가 탈환되며 독일의 패전이 코앞까지 오고 있을 때쯤, 스필만이 사력을 다해 생명을 부여잡고 먹을 것을 찾아 헤매다 겨우 찾아낸 것은 겨우 캔 하나였다. 캔 하나를 따기 위해 애쓰다 놓쳐버린 캔은 왜 하필 그놈의 독일장교 앞으로 굴러갔단 말인가.

"넌 누구냐?"

"나는… 피아니스트다."

이제는 끝났구나. 독일장교는 죽일 듯 노려보고 있다. 총을 든 장교 앞에 스필만은 도살장으로 끌려가는 양처럼 아무런 권리가 없다.

독일장교 호젠펠트의 눈빛은 오직 하나. '피아니스트가 아니면 내가 너를 죽일 것이다'는 의미로 스필만을 노려보며 먼지를 뒤집어 쓴 피아노 뚜껑을 열어젖히며 쳐보라는 것이 아닌가. 겁에 질린 스필만은 그 순간 만감이 교차했을 것이고, 두 정적 사이에 흐르는 무거운 침묵은 살얼음이 따로 없다.

독일은 3B의 고국이다. 바흐, 베토벤, 브람스. 절명의 순간 음악으로 항거하듯 그는 독일음악이 아닌 조국 폴란드의 자랑 '쇼팽의 발라드 1번 G단조'를 유유히 연주해 나간다. 적어도 쇼팽 발라드가 흐르는 그곳엔 적도 없고 음악에 취한 두 사람만 있을 뿐이다.

음악은 총과 이념을 넘어 인간의 근본인 영혼을 연주하고 있었다. 음악이 흐르고 결국 독일 장교의 마음은 쇼팽 발라드 1번에 끌려들어가 녹아버리고 말았다.

쇼팽곡은 마약이다. 쇼팽의 녹턴이나 발라드 앞에 누가 무장할 수 있단 말인가. 업무 가는 길에 뜻밖의 선물을 받은 듯 쇼팽 발라드 1번에 끌려 피아니스트 영화스토리가 내 마음 속에서 플래시백 되었다.

책 읽는 여자

박근미

-김민철, 『우리는 우리를 잊지 못하고』

모든 일은 이유가 있기 때문에 일어나며, 우리가 만나는 사람들도 이유가 있어서 만난다고 나는 믿는다. 우리가 알든 모르든 모든 만남에는 의미가 있으며, 누구도 우리의 삶에 우연히 나타나지 않는다. 누군가는 내 삶에 왔다가 금방 떠나고 누군가는 오래 곁에 머물지만, 그들 모두 내 가슴에 크고 작은 자국을 남겨 나는 어느덧 다른 사람이 되어 있다.

고등학교를 졸업하고 30년 만에 우연히 친구를 만났다. 기억나? 서로 앨범에서 곧바로 튀어나온 듯 우리는 서로를 금방 알아봤다. 우등생이었던 그녀는 늘 청바지에 하얀 티셔츠를 입고 다녔고, 나는 왈가닥이었다. 지나간 세월만큼 서로의 아픔도 기쁨도 알아볼 만큼 눈은 깊어져 있었고, 여러 색들로 가득한 풍선들의 바람만큼 여러 번의 쉼을 버린 상태였다.

우린 굶주린 사람들처럼 밀린 수다를 떨면서 속도를 내어 달렸다.

"독서토론회에 초대해 준 날 기억나?"

"아니, 생각날 정도라는 말로는 부족하지."

그래. 그때 그 이후로 내 삶이 바뀌었으니까 잊을 수도 잊어서도 안 되는 날이지. 독서는 취미라고 하는 사람들을 보면 잘난 척한다는 생각을 했던 내가 독서토론 모임을 나간 이후로는 이렇게 말한다.

"저 독서하는 여자예요."

점을 선으로 이어주고, 물을 주고 꽃을 피워준 친구와 처음으로 1박2일 일정으로 강릉에 갔을 때 마치 4박5일을 보낼 것처럼 짐을 싸들고 온 서로를 보고 우린 한바탕 웃었다.

강릉의 바다는 우리 둘만을 위한 파란 잔디밭이 깔린 시원한 놀이터 같았다. 먼저 와 있던 사람들은 바닷물에 발가락 놀이를 하고 있었다.

점심으로 강릉에서 유명하다는 순두부집으로 갔는데 휴가철도 아닌 평일에 사람들로 북적여서 우린 서로 말도 안 하고 먹을 정도로 맛에서 헤어나오질 못했다. 배는 어느새 출산을 앞둔 임산부처럼 부풀어올랐고, 출산을 위해 우린 바닷가로 갔다.

잔뜩 싸가지고 온 촬영용 의상들을 번갈아 입고 화보를 만들며 지난날의 밀린 일기를 쓰듯 우리는 한 장 한 장 바닷물에 지그재그 우리들만의 표시를 남겼다. 소나무가 있는 산책길에서 달빛 조각으로 이름을 새기고 한편의 드라마를 찍듯 서로의 삶을 이야기하며 웃고 울며 공감했다. 친구에게서 향기가 나고 빛이 났다. 친구의 말투와 억양, 지혜와 지식은 나를 눈멀게 했다. 알고 보면 콩깍지라 불리는 마술이지만 난 절대 풀려나고 싶지 않았다. 마음은 어차피 눈으로 보는 게 아니라 했으니까. 평생 콩깍지로 덮여 있으면 좋겠다고 생각했다.

　제주도를 향해 떠났던 그 겨울을 되새기면 아직도 얼굴에 미소가 떠오른다. 캐리어 바퀴까지 통통 튀었다. 아침 7시부터 오후 4시까지 하루를 꼬박 한라산에 내맡기고 우리는 세포 한 조각 한 조각을 퍼즐처럼 맞추었고 잊을 수 없는 그림을 만들었다. 중간에 포기하고 싶을 정도로 추웠지만 친구와 함께 해서 견뎌낼 수 있었다. 한 걸음 한 걸음 발자국을 남길 때마다 우리의 우정은 깊어갔다. 정상으로 가는 중에 현실적인 날씨로는 만날 수 없는 상고대를 만나기도 했다. 우리가 찾아간 그 높은 언덕의 한라산에서 처음으로 우리의 우정은 눈의 높이만큼 쌓였고, 잊을 수 없는 겨울날의 한라산을 몸속 깊이 느꼈다.

　김민철 작가처럼 잊을 수 없는 여행을 하자고 친구에게 말했다. 그 힘으로 앞으로 살아갈 날들을 정면으로 돌파할 수 있게 될 것 같았다.

백 살까지 내 발로 걸어서

이경희

-다나카 나오키, 『나는 당신이 오래오래 걸었으면 좋겠습니다』

"아이고 이 여사, 얼굴 좀 보셔. 입꼬리가 귀에 걸리시네. 그렇게 좋으셔?"

"그럼 좋지. 내 아들 집에 오는데 안 좋겠어?"

이 여사가 둘째아들 집에만 오면 그렇게도 좋아하는 모습을 보이는 것을 두고 이 여사를 모시고 온 이 여사 딸 김 여사가 매번 하는 말이다.

지금 이 여사는 3년째 딸 김 여사 집에 얹혀 살고 있다. 가끔씩은 똥을 싸놓고도 안 쌌다고 우기기도 하고, 밥을 먹어 놓고도 배고파 죽일 셈이냐고, 밥 안 주냐고 큰소리도 친다고 한다.

39년생 이 여사는 진즉이 어르신 우대로 백신도 맞았지만 자신의 얼굴보다 훨씬 큰 마스크를 쓴 탓에 우물우물하다 보면 입언저리까지 마스크가 내려가 코가 휑하니 나오게 되고, 그러다 보면 또 마스크 안 올린다고 김 여사에게 쓴소리를 듣기 일쑤다.

밥상머리에선 꼭 한쪽 다리를 세우고 앉아 딸 김 여사로부터 다리 내리라고 핀잔을 듣기도 하고, 가끔은 손녀한테도 "할머니, 제발 그러지 마세요"라는 말을 듣기도 한다. 매일의 시간이 딸, 손녀로부터 혼나는 소리만 듣고 사는 게 일상이다.

그리고 둥근 해가 뜨는 매일 아침이면 딸 김 여사가 챙겨주는 밥을 먹고, 세수하고 양치질을 하고 옷을 입고, 아이들 유치원 버스 타듯이 노치원 버스를 타고 노치원에 등원한다. 가서 하는 일이라곤 우두커니 앉아서 그냥 있다 온다고…….

"엄마는 아무거나 잘 먹을게……."

이 여사가 뭐 드시고 싶냐고 물으면 항상 하는 대답이다. 평소엔 밥 양 줄여야 한다고, "감자 하나 먹었응게 난 밥 안 먹어도 된다." 그러다가도 자식들이 "아이고, 식사하시고 약 드셔야 하잖아요." 그러면 금세 숟가락 들고 행여 입에 맞는 회나 고기 음식엔 감자 하나로 배부르다는 분이 젊은 사람보다 두 배나 더 드시는 것 같다.

그렇다. 그 83세 이 여사는 젊디젊은날 남편을 교통사고로 먼저 보내고, 4남매 들쳐 업고 전북 김제에서 서울로 상경하여 식당일부터 안 해본 것 없이 억척스럽게 돈 벌어 아들 딸 교육시키고 출가도 다 시켰다. 그 덕분에 지금은 아침마다 인슐린 주사를 놔야만 하는 심한 당뇨에, 허리 디스크에, 괄약근 부실, 요실금, 심한 무릎관절염 등 종합병원이다.

무릎관절이 심하게 휜 연유로 가만히 앉아 있어도 아프고 걷는 건 100 미터도 채 못 걷는데, 그나마 그 100미터도 혼자 힘으로 못 걷고 지팡이 두 개에 의지해 아주 느리게 걷는다. 거기다 지금은 치매마저 심해져 더 어른대접 못 받고 고생중이다.

우리 건배사 중 '백두산'이란 용어가 있다. "백 살까지 두 발로 산에 가자"라는 뜻인데 갈 때 가더라도 가는 날까지 두 발로 꼿꼿하게 살다 가자라는 꼿꼿한 의지의 표현이 담겨 있어서 난 그 건배사가 정말 좋다. 백 살까지 내 두 발로 산에 갈 수 있다면 이 얼마나 큰 축복일까.

어떤 이는 백 살이 되어서도 두 발로 백두산을 가고 강연도 하고 별거 다 하는데, 83세 이 여사는 진즉부터 혼자서는 집 앞 공원도 못 나간다. 어떤 이는 100세에도 무기 같은 재산을 갖고 자식들에게 돈의 힘에 의한 공경을 받는데, 83세 이 여사는 아파트 팔아 자식들 나눠 주고 자식한테 얹혀 있으며, 수중에는 돈 한 푼 없다. 심지어 잊어버릴까봐 핸드폰도 없앤 지 오래다. 재력이 아직 짱짱한 나이 92세의 어느 어르신이 매주 일요일이면 아들 내외와 손주 데리고 골프를 치신다던데 그에 비하면 83세 이 여사는 가진 게 없어도 너무 없다. 지켜야 할 건강을 못 지키다 보니 돈이고 뭐고 가진 게 하나도 없다. 참 서글프다.

며느리인 젊은 이 여사의 신혼시절, 시어머니 이 여사는 어려운 존재였다. 자그마한 실수에도 혼날까봐 무서웠고, 직장일에 바쁘다는 핑계로 집안 대소사 못 챙기면 괜히 주눅들고 작아지기 일쑤였다. 그러던 그 시

CEO의 인생서재

어머니 이 여사가 이젠 이빨 죄다 빠진 호랑이마냥 하나도 안 무섭다. 이젠 아예 "오늘 우리 집에 오신 거 기억도 못하실 텐데 뭘……" 이러면서 그냥 편하게, 무심하게 대한다. 배가 배 밖으로 나온 며느리가 되어, 가끔은 아들더러 밥 챙겨드려라 하고 운동을 가기도 하고, 친구 만나러 쌩 나가버리기도 한다.

자기는 안 늙나? 그렇다. 세월은 흐르고 흐른다. 흐르는 세월 끝에 약 30년 가까이 되면 젊은 이 여사도 83세 이 여사가 되어 가겠지? 그때쯤이면 어떤 모습일까? 설마 두 발도 두 손도, 정신도, 돈도 내 것이 아닌 건 아니겠지?

걷지 못하면 살아도 사는 게 아니다. 『나는 당신이 오래오래 걸었으면 좋겠습니다』 책의 시작 글귀다. 저자는 바야흐로 백세 시대라 하지만 중요한 것은 단순히 오래 사는 것이 아니라 건강하게 오래 사는 것이라 한다. 백 살까지 내 발로 걸어서 백두산을 가고 싶다면 당장 일어서라고 한다. 이 책은 근육의 중요성에 대해서도 이야기하고 있는데 특히 지근, 몸 안쪽 근육을 단련하라고 조언하고, 매일 5분씩 근력향상 트레이닝을 하라고 한다. 연령대별 스트레칭 방법, 근육별 근력회복 방법 등도 알려 주고 있다.

특별히 이 책을 통해 바른 자세를 배우게 되었다. 지치지 않고 오래 걷기 위해서는 바르게 걸어야 하는데, 발뒤꿈치부터 지면에 붙이고 다음엔 발바닥의 바깥쪽, 그 다음은 엄지발가락 아래의 불룩한 부분 순으로

체중을 이동시킨 다음 엄지발가락을 끝으로 지면을 차면서 앞으로 나아가면 된다고 한다.

돌을 지났으니 사람이라면 그냥 걷는 것 아냐? 천만의 말씀! 네 발, 두 발, 세 발의 과정이 있는 존재가 사람이라고 어느 퀴즈에서 얘기해 주듯이 자칫 관리하지 않으면 피할 수 없는 게 세 발이고 네 발의 인생일 수 있다. 굳이 인생 후반에 세 발, 네 발의 인생을 살지 않기 위해 나는 하루 만보 걷기를 일주일에 네 번 이상은 실천하려고 한다.

가끔은 게을러지고 핑계거리도 생기지만 지금 걷지 않으면 나중에는 누워 있게 될 거라는 무시무시한 경고의 메시지를 떠올리며, 사는 날까지는 내 발로 움직이고, 내 몸 따라 다니는 정신도 잘 지켜야만 하겠기에 오늘도 신발끈 동여매고, 내가 제일 좋아하는 광교호수공원 야경도 구경할 겸 바른 자세로 오래도록 걷는 삶의 힘찬 발걸음을 내딛어본다.

나는 날마다 운을 번다

김유홍

-캐런 킹스턴, 『아무것도 못 버리는 사람』

사업을 하다가 난관에 부딪치고 풀리지 않을 때면 나는 낮은 천정의 사무실을 버리고 산을 찾는다. 숲속을 걷다 보면 버려진 시간 속에서 새로운 생각 타래가 푸른빛을 타고 온다. 작은 잎도 피어나면서 울림이 있다는 것을 숲속을 걸으면서 알게 되었다. 숲속을 걸으면 새 소리, 매미 소리, 바람 소리, 계곡 소리가 음악이 되어 내 심장을 안정시키는 것이 느껴진다.

『아무것도 못 버리는 사람』에서는 나쁜 운을 개선하는 방법을 제시하고 있다. 마약을 좀처럼 끊지 못해 점점 병들어가고 있는 한 여성의 이야기는 마음이 얼마나 중요한 역할을 하는지 보여 주고 있다.

상습적으로 마약을 복용하는 여성을 진료하던 의사가 하루는 지방에

출장 가는 바람에 진료 타임을 놓쳐 병원에서 예약을 못 하고 퇴근길에 "오늘은 출장 다녀오는 길에 집으로 왕진을 나가겠습니다."라며 여성 환자의 집을 찾아간다고 전화를 했다. 이 여성 환자는 십여 년 동안 병환 때문에 집 청소를 거의 하지 않고 살았는데 급히 앞치마를 두르고 대청소를 하기 시작했다. 잘생긴 의사를 집에서 맞이하게 되었으니 옷도 가장 예쁜 것으로 차려 입었다. 그 후 믿기 어려운 일이 벌어졌다. 좀처럼 마약을 끊지 못했던 그녀가 마약 복용을 줄여나가기 시작한 것이다. 집안에 고장난 폐기물들이 가득하여 정체된 에너지가 가득했는데 그걸 치우자 집안 가득히 새로운 에너지가 돌고 치유가 저절로 이루어진 것이다.

나는 15년 전부터 '좋은 삶'을 이루기 위해 술과 골프를 대폭 줄였다. 대신 역사와 어학 공부를 하고 틈틈이 등산을 하면서 일상을 변화시켜 나갔다. 주변에 안 좋은 에너지로 가득한 사람을 만나지 않는 것만으로도 에너지가 좋아지는 것을 나도 느낄 수 있었다.

몇 년 전 40명의 회사 대표들을 이끌고 일본 나가노 시로우마다케 만년설 3천 미터 정상에서 야생화를 보러 갔다. 생각과 달리 사람들이 많이 신청해서 당황스러웠다. 보조 가이드라도 두고 떠나야 하나 생각했지만 늘 그랬듯 우리는 가이드 없이 떠나는 자유여행팀이었다. 인원이 많고 버스비도 만만찮아서 이번에는 전철 대신 버스를 미리 예약했다. 나고야 공항에서 출발해 나가노까지 가는 거리가 멀어 기사를 한 명 더 두어야 한다는 버스 측의 주장에 따라 버스 기사를 한 명 더 추가했다. 그

CEO의 인생서재

래도 일본의 비싼 교통비에 비하면 단체라 더 저렴했다.

나고야 공항 주변의 푸른 바다를 감상할 틈도 없이 인원을 체크하고 공항 세관을 빠져나가느라 정신없이 수속을 밟았다. 두 명의 운전사가 오기로 계약했는데 한 명밖에 보이지 않아 나이든 버스 기사에게 물었지만 어물거렸다.

일단 목적지가 있으니 출발했다. 두 시간 고속도로를 달리니 다들 피곤했는지 수면을 취했다. 차 안의 수면 기운이 전달되어서인지 운전사가 졸고 있었다. 나는 위험을 느끼고 운전기사에게 노래를 틀어달라고 하기도 하고 말도 걸어 보았지만 그는 잠시 후 또 졸기 시작했다. 말을 거는데 재주가 없어 금방 대화가 종료되었다. 결국 졸다가 차는 인터체인지에서 다른 고속도로로 들어섰다. 내가 화를 냈더니 운전사는 미안하다고 했다. 나는 버스 본사로 전화해서 항의를 했다.

온천에 도착하니 본사 부장이 도착해 연신 "스미마셍!"을 외치면서 사죄로 50만 원을 돌려주었다. 뇌물에 약한 나는 얼른 화를 거두고 온천 안으로 들어갔다. 역시 일본은 온천의 천국답게 분위기도 좋고 물도 좋았다. 사람들은 나마비루(생맥주)와 덴뿌라로 연신 "간빠이!"를 외치면서 어깨동무를 하고 금방 형제자매처럼 친해졌다.

다음날 아침 미소시로(된장국)에 아끼바리 하얀 쌀밥을 먹은 뒤 온천 측 봉고차가 우리를 목적지인 시로우마다케 출발지에 데려다 주었다. 그런데 걷기 시작한 지 얼마 지나지 않아 앞에서 걷던 여성이 넘어지면서 뒤

따라오던 여성의 눈을 스치는 사고가 발생했다. 눈에 피가 흐르면서 주변은 아수라장이 되었다. 급히 눈을 생수로 씻어내고 병원으로 후송했다. 일단 급한 대로 나머지 인원들은 새로운 등산대장을 앞세우고 정상을 향해 출발시켰다. 근처 병원은 시골이라 눈을 치료하는 응급실이 없어 좀 멀더라도 마치모토 대학병원으로 가기로 했다.

다행히 근처에 지인이 살고 있어 안내를 부탁했다. 중간에 나를 돕기 위해 일부러 마치모토에서 차를 몰고 온 일본인은 환자를 인계받고는 나를 얼른 시로우마다케로 돌려보냈다. 병원은 본인이 책임질 테니 돌아가서 나머지 사람들 가이드를 하라는 것이다. 남쪽에서 올라온 태풍 노루가 곧 들이닥칠 것 같아 할 수 없이 급히 돌아갔다. 하지만 산 밑에 도착해 보니 이미 입신금지로 들어설 수 없었다.

산행을 하던 팀들은 폭풍을 맞기 전에 산장에 도착했지만 곧 태풍의 한가운데로 들어섰고 가이드도 없는데 어떻게 8시간을 또 갈 것인가를 놓고 대립이 생겼다. 40명에 가까운 인원이 서로 다른 의견을 내느라 큰 소리가 오고갔다. 결국 등산대장을 맡은 리더의 말대로 해가 뜨는 즉시 다시 하산하기로 했다. 무난한 트레킹 코스는 길을 잃어도 회복하는데 큰 무리가 없는데, 높은 산을 오르다보니 야생화를 본다는 기분으로 참가한 초보자들에게는 엄청난 무리였다. 좋은 기운을 나누려고 시작한 일이 사고를 만들었던 것이다.

살면서 아무 일이 없기를 바란다면 아무것도 기획할 수 없다. 새로운

CEO의 인생서재

일을 벌이는 것은 이런 위험이 따르지만 여전히 나는 새로운 것을 쫓아 가고 있다. 신입사원 시절 일본 자동차회사인 도요타에서 매일 실시했 던 5S(정리, 정돈, 청소, 청결, 습관화)가 나를 일으켜 세운다. 나 때문에 우리 가족은 부엌에서 쓰지 않는 그릇, 장롱 속 입지 않는 옷, 망가진 선풍기 같은 전자제품이나 고장난 폐기물들은 곧바로 버리는 습관이 배여 있 다. 5S를 실천하면서 나는 날마다 운을 번다.

새로운 도전

박건영

-민영욱, 『나만의 블루오션 전략』

오늘도 갈까 말까 고민하느라 10분을 보냈다. 시작이 반이라고 하는데 시작하는 게 늘 이렇게 어렵다. 아침이면 난 나 자신과의 싸움을 벌인다. 아는 형님이 이런 고민을 안 하기 위해서 알람이 울리면 기계적으로 찬물로 세수를 한다고 했다. 특히 겨울에도 찬물로 세수를 해야 그런 고민을 안 한다고 한다. 난 더 이상 고민을 포기를 하고 미끄러지듯 이불 속을 나와 늦은 만큼 빠른 샤워를 하고 중국어학원으로 향했다.

나는 어떤 사업에 몰두하면 미친 듯이 파고들고 온몸의 열정을 다 쏟아붓는다. 10년 전부터 블루오션 전략에 주목하고 그 열정을 현재 존재하지 않거나 알려져 있지 않아 경쟁자가 없는 유망한 중국시장에서 찾아보기로 했다. 내 열정을 다른 분야, 다른 각도에서 다른 방식, 다른 형태로 영업한다면 그 시장도 새로운 블루오션을 창조해낼 수 있겠다는 생각이 들었던 것이다. 내가 현재 하고 있는 사업은 전기전자 분야이다. 하지만 세계의 공장이라고 불리는 중국에서 내 사업 분야와 다른 비철금속 투자를 해보는 것이었다.

그래서 매일 아침 나는 중국어학원으로 간다. 중국 관련 비지니스는 중국에 있는 한국계 회사에 내가 투자를 하면서 시작했다. 대부분 중국인들과의 소통은 중국에 있는 한국 직원이 다 하기 때문에 별도로 중국어를 배울 필요를 못 느꼈다. 하지만 가끔 중국 손님들과 식사를 할 때는 문제가 되었다. 중국인들은 한국인들과 다른 손님 접대문화가 있다. 나 그리고 한국 직원 2명이 중국공장을 방문을 하면 식사 장소에는 중국공장 관련 인원이 대략 8명 정도가 나온다. 8명도 다 공장 직원이 아닌 사장 친구도 있는데 이런 경우는 그 친구가 술을 아주 잘 마시는 일명 술상무가 선수로 나온다. 중국 백주는 독하기로 유명한데 알코올 도수가 높을수록 좋은 술이다. 손님과의 자리에선 당연 도수 높은 술이 나온다. 8명이 돌아가면서 술을 부어주고 건배를 청하는데 두 번만 술잔이 돌면 아무리 술이 센 사람도 고개를 숙이지 않을 수 없다. 술에 취하다 보면 한국 직원은 더 이상 나의 통역사가 아닌 그냥 만취자다. 그래서 간단한 중국어는 내가 해야 되겠다는 생각으로 중국어를 배우게 된 것이다.

나는 한국인이 잘 안 가는 지역의 공장에서 직접 물건을 수입해야 경쟁력이 있다고 판단했다. 한국인이 특히 많은 지역은 차별화된 물건 수입이 힘들다고 판단했던 것이다. 그렇게 다니다 보니 많은 곳을 다녔고 또한 많은 지역의 요리를 접하게 되는 계기가 되었다. 중국 현지의 요리는 한국에서의 중국집 요리를 생각하면 안 된다. 일단 중국은 22개 성이 있는데 1개 성의 면적이 한반도 면적과 비슷하다. 한국만 해도 지역별로 여러 종류의 음식이 있고 외국인들이 한국 하면 생각나는 한국을 대표하는 음식이 따로 있듯이 중국에도 그 성을 대표하는 음식들이 따로 있다. 홍콩과 붙어 있는 광둥성은 바다가 옆에 있다 보니 해산물 요리가 유명하고, 쓰촨성은 매운 요리로 유명하다. 베이징 하면 베이징덕이 생각날 것이다. 30인치 모니터 크기의 광어가 통째로 튀겨져서 넓디넓은 접시에 그냥 있기 뻘쭘한 듯 파채를 뒤집어쓰고 향긋한 바다 향을 내뿜은 생선튀김이 나오는데 사이즈만 봐도 "대륙은 뭐가 달라도 달라"라는 말이 연신 나올 수밖에 없다.

엄지손가락만한 번데기 찜의 식감과 맛은 상상을 초월한다. 지금은 위생상 중국 당국에서 규제를 많이 하지만 몇 년 전까지만 해도 밤이면 길거리 좌상 꼬치집이 펼쳐졌다. 그곳에는 비둘기, 지네, 바퀴벌레, 쥐 등등 "이런 것까지 먹어?"라고 할 정도로 믿기 어려운 걸 굽거나 찌고 아니면 탕으로 먹는다. 지금 우리가 힘들어하는 코로나19 바이러스도 야생동물에게서 왔을 거라고 생각할 만큼 중국은 솥에서 나온 건 빨래 빼고 다 먹는 것 같았다.

공항에서 약 4시간 떨어진 광시성은 도시 모양이 이국적이다. 넓디넓은 들판에 가끔 죽순처럼 불쑥 솟아오른 산이 있는데 세상에 부는 비바람은 혼자서 다 감당한 듯 몽당연필 같은 산들이 깎이고 깎여 둥글둥글했다. 들판에서 가끔 보이는 소들은 우리네 한우와는 다르게 검고 뿔은 어찌나 큰지 하늘을 찌를 기세였다.

그런 광경을 보고 있다 보니 어느새 시골 읍내 같은 곳에 도착했다. 시골에 그렇게 큰 공장이 있다는 게 놀라웠다. 그 도시의 대부분의 건물이 거래처 사장의 소유란다. 업무를 마치고 급하게 다시 공항이 있는 큰 도시로 가려고 하는데 오늘 미팅을 한 사장이 멀리서 왔는데 그냥 보내는 건 예의가 아니라고 했다. 만약 식사를 안 하고 가면 오늘 미팅은 없었다는 걸로 하겠다고 으름장을 놓았다. 그 도시의 유일한 호텔에 미리 식사를 준비시켜 놓았다고 했다. 그 호텔도 물론 그 사장 소유다.

먼저 탕이 나왔고 같이 미팅한 중간 관리자가 뽀얀 안개처럼 올라오는 김과 같이 한 국자를 덜어서 나에게 주고 같이 간 동료에게도 주었다. 얼핏 보면 맑은 국처럼 보였는데 각종 야채와 고기를 넣은 듯 보였다. 먼저 국물 맛을 보니 우리네 소고기 무국처럼 시원하게 맛이 있었다. 몇 번을 그렇게 먹고 있는데 대륙의 스케일답게 추가요리가 계속 나왔다. 관리자가 맛이 어떠냐고 묻길래 나는 매우 맛있다며 "헌 하오츠 헌 하오츠!"를 연발했다.

중국 직원의 말에 옆에 있던 한국 동료가 수저를 떨어뜨렸다. 이 지역은 남방지역답게 숲이 울창하고 그 울창한 숲에는 뱀이 많다. 한국 사람이 거의 안 오는 지역이고 한국에서 귀한 손님이 왔다고 중국 사장이 특별주문을 했는데 그 뱀으로 탕을 맛있게 끓여준 것이었다. 그 말을 듣고 보니 오골계 닭 모가지처럼 보이는 검은 뱀이 그제서야 보였다. 동료 직원은 도저히 고기는 못 먹겠다면서도 전날 마신 숙취가 해소가 안 되었는지 가끔 국물을 떠서 속을 달랬다.

그렇게 푸짐하게 대접을 받고 다시 공항이 있는 대도시로 나왔다. 다음 일정은 대만과 가장 가깝게 붙어 있는 중국 푸젠성으로 향하는 아침 첫 비행기에 몸을 실었다. 중국의 국내선 비행기는 늘 만선이다. 그만큼 국내 비즈니스도 활발하다. 공항에 도착하니 공장에서 차를 보내 왔다. 3시간을 더 가야 한다고 했다. 첩첩산중에 고속도로가 뚫려 있고 가끔씩 시골 마을이 보였는데 흡사 강원도에 온 듯한 느낌이 들었다. 국내선이지만 워낙 장거리라 밥을 줘서 비행기에서 간단한 식사를 했지만 배에서는 곡기를 넣어달라고 연신 조른다. 운전기사에게 휴게소에 들러서 간단히 식사를 하자고 했더니 공장에서 식사를 미리 준비했다고 했다. 하지만 배가 고프다고 다시 얘기를 하니 휴게소 말고 가까운 IC를 나가서 마을식당으로 가자고 했다.

식당의 야외 테이블에 앉았는데 시골 장날에만 서는 난전식당 같았다. 먼저 재료를 골라야 한다고 해서 몇 다발의 야채와 고기 한 점과 생선 하나를 골랐다. 주인장은 앞 손님이 주문한 요리를 담아서 손님에게 주곤 물 한 바가지를 웍에 쏟아넣곤 지푸라기로 쓱쓱 닦아 냈다. 그리고 나뭇가지를 야외 아궁이에다 구겨 넣고는 웍이 달궈지기를 기다리면서 이마의 땀을 훔쳤다. 그렇게 2분이 지나자 요리가 하나 나오고 그렇게 2~3분 간격으로 모든 요리가 나왔다. 주인장은 금이 잔뜩 간 하얀 플라스틱 밥그릇에 흰쌀밥을 듬뿍 담아서 주었다. 그 밥에 방금 요리한 야채 요리를 탁 얹어서 입에 넣으니 고기보다 더 맛있었다.

그렇게 요기를 하고 공장에 도착하니 지금껏 봤던 최고 크기 공장의 3배는 되는 규모였다. 이곳은 우리가 찾던 특수 사양 및 대용량 사양이 아무 문제없이 가능하다는 걸 미팅을 하면서 알게 되었다. 한국에서는 절대 못 하는 사양을 이곳에서는 아주 쉽게 된다는 것이다. 거기다가 가격까지 맞출 수 있다니 정말 블루오션을 찾은 것 같았다. 이 공장은 국영기업이고 대만과 중국이 전쟁을 치른 60년대 세워진 군수공장이라고 했다. 전쟁이 끝나고 더 이상 군수물자를 만들 게 없으니 알루미늄 공장으로 변신했고, 국가의 지원으로 대용량 설비를 갖출 수 있었다고 했다.

이 공장을 찾기 위해서 1년 가까이 중국 곳곳을 다닌 보람이 그제서야 이루어졌다. 중국 담당 직원이 지금껏 영업을 하면서 미국, 유럽, 일본, 대만인은 많이 만났지만 한국인은 처음이고 오늘 미팅도 잘 되었고 특별요리를 주문했으니 자기가 잘 아는 식당으로 가자고 했다. 지난번의 경험이 있어서 어떤 요리인지 물어 보니 토끼탕을 주문했다고 한다. 나만의 블루오션 전략이 성공한 날 나는 태어나서 처음으로 토끼탕을 실컷 먹었다.

CEO의 인생서재

인쇄일 2021년 11월 5일
발행일 2021년 11월 16일

지은이 이노비즈 최고경영자과정 독서토론회

펴낸곳 아임스토리(주)
펴낸이 남정인
출판등록 2021년 4월 13일 제2021-000113호
주소 서울특별시 서대문구 수색로43 사회적경제마을자치센터 2층
전화 031-516-3373
팩스 0303-3444-3373
전자우편 im_book@naver.com
홈페이지 imbook.modoo.at
블로그 blog.naver.com/im_book

ISBN 979-11-976268-0-7 (03810)